LE VOYAGEUR À SIX ROUES

Un voyageur à six roues ? C'est tout simplement quelqu'un qui re-
morque une caravane à deux roues avec une voiture à quatre roues.
Pour le voyageur de cette histoire, qui ambitionne de faire le tour des
États-Unis, tout va pour le mieux dans le meilleur des mondes. Jusqu'au jour où il constate que quelqu'un semble prendre un malin
plaisir à dégonfler les pneus de sa voiture. Très agaçant, ça ! Il est
donc parfaitement compréhensible que, lorsqu'il trouve enfin le coupable, il s'en débarrasse de façon exemplaire. Sauf qu'il s'apercevra
que le problème persiste. Jusqu'au moment où il découvrira le véritable coupable. Dont il se vengera d'autant plus volontiers qu'il venge
aussi le faux coupable. Mais ce nouveau coupable est-il vraiment
plus coupable que l'autre ? Ce qui est sûr, c'est que notre voyageur
n'est pas au bout de ses peines, puisque son histoire d'horreur ne fait
que commencer…

LE VOYAGEUR À SIX ROUES

François Barcelo

Le voyageur
à six roues

Nouvelle édition

BIBLIOTHÈQUE QUÉBÉCOISE

BQ BIBLIOTHÈQUE QUÉBÉCOISE est une société d'édition admi-
nistrée conjointement par les Éditions Fides, les Éditions
Hurtubise HMH et Leméac Éditeur. BIBLIOTHÈQUE QUÉBÉ-
COISE remercie le ministère du Patrimoine canadien du soutien qui lui
est accordé dans le cadre du Programme d'aide au développement de
l'industrie de l'édition. BQ remercie également le Conseil des Arts du
Canada et la Société de développement des entreprises culturelles du
Québec (SODEC).

BIBLIOTHÈQUE QUÉBÉCOISE bénéficie du Programme de crédit d'impôt
pour l'édition de livres du Gouvernement du Québec, géré par la SODEC.

Conception graphique: Gianni Caccia
Typographie et montage: Dürer *et al.* (MONTRÉAL)

Données de catalogage avant publication (CANADA)
Barcelo, François, 1941-
Le voyageur à six roues
Éd. originale: Montréal: Libre expression, c1991.
ISBN 2-89406-222-2

I. Titre.

PS8553.A761V69 2003   C843'.54   C2003-940033-6
PS9553.A761V69 2003
PQ3919.2.B37V69 2003

Dépôt légal: 1er trimestre 2003
Bibliothèque nationale du Québec

IMPRIMÉ AU CANADA
EN FÉVRIER 2003

Montréal

Le 3 mai 1991

L'agent Carpaccio aperçut, sur le bureau du lieutenant Allard, le gros paquet de feuilles entouré d'un élastique.

— Qu'est-ce que c'est ?

— Un manuscrit. C'est un éditeur qui nous l'a envoyé.

— Pour quoi faire ?

— Tu te souviens de l'homme dans les chiottes ?

Carpaccio n'eut à réfléchir que deux secondes avant que ça lui revienne. Cela faisait plus d'un an déjà, mais la télévision avait beaucoup parlé de cette histoire insolite.

— Le type qu'ils ont trouvé dans des bécosses portatives ?

— Oui. On a jamais su qui c'était, mais l'éditeur est convaincu que ce manuscrit-là a été écrit en partie par son assassin.

Le lieutenant Allard prit la feuille sur le dessus de la pile, chaussa ses lunettes de lecture.

— Écoute-moi ça. Dans sa lettre, il dit : «Au début, j'ai tout simplement cru que l'auteur avait fait une erreur de débutant : le dernier chapitre ne peut pas avoir été écrit par le narrateur, puisqu'il meurt au dernier chapitre. Mais j'ai tout à coup songé que le récit pouvait avoir été terminé par l'assassin lui-même — ou plutôt elle-même, puisqu'il s'agit d'une femme. Vous remarquerez aussi que le narrateur a révélé à la femme le numéro d'identification de sa carte bancaire. C'est le même qu'il utilise comme mot de passe pour déverrouiller les fichiers de son ordinateur. Et il est tout à fait possible que l'assassin, après avoir récupéré l'ordinateur du narrateur, ait pu aller chercher tout l'argent que possédait celui-ci, marge de crédit comprise. Les noms des personnages ont sûrement été changés. Et le prétendu auteur ne m'a laissé qu'un numéro de case postale. Mais je suppose que vous pourriez faire enquête du côté du service des postes et auprès des institutions financières…»

Le lieutenant Allard interrompit sa lecture, leva les yeux au plafond en un geste de profonde exaspération.

— Qu'est-ce qu'on fait ? demanda l'agent Carpaccio. On va le lire ?

— Deux cent cinquante pages ? Es-tu fou ? On n'a pas rien que ça à faire. Puis regarde ce qui est écrit, là.

Carpaccio avança le nez et lut la page de titre. Il secoua la tête. Il ne voyait pas ce que son supérieur hiérarchique voulait qu'il voie. Le lieutenant Allard soupira avant de préciser :

— «Roman.» C'est un roman. Penses-tu qu'on va se farcir ça juste parce qu'un éditeur pense que c'est vrai, ce qu'on trouve dans les romans ?

— C'est souvent du drôle de monde, les éditeurs, dit l'agent Carpaccio qui n'en avait jamais rencontré.

— Juste à voir ce qu'ils publient… ajouta le lieutenant Allard qui n'avait pas lu un livre depuis au moins trente ans.

Lac Sebago

(MAINE)

Le 28 août 1988

Pendant des années, j'ai rêvé à cette journée que j'ai mis des mois à préparer. Mais rien ne s'est passé comme je l'avais prévu — ni, à plus forte raison, comme je l'avais souhaité.

Pour commencer, une pluie fine s'est mise à tomber au moment précis où je plaçais sur le siège du passager, dans la voiture, la glacière contenant une boîte de thé glacé et deux sandwichs.

Puis, lorsque j'ai fait le tour de mon équipage pour m'assurer que tout était en ordre, j'ai constaté que les deux pneus de la caravane étaient à plat. Sans doute était-ce l'œuvre des mauvais garçons du quartier.

Au moins, les pneus de la voiture ont été épargnés.

J'ai sorti du coffre de la Mustang la pompe que j'avais décidé d'emporter sans me douter que je lui trouverais une utilité avant même d'être parti.

Les premiers coups de pompe n'ont eu aucun effet sur le pneu droit, qui est demeuré plat comme une crêpe. Un examen plus attentif m'a révélé qu'une fente, longue d'au moins deux centimètres, laissait échapper les derniers souffles d'air que je venais d'y injecter. J'ai fait le tour de la caravane pour constater que le pneu gauche présentait aussi une fente plus petite, de toute évidence l'œuvre du même objet pointu.

J'ai alors dételé la caravane et enlevé les deux roues, que j'ai mises sur la banquette arrière de la Mustang. Je suis arrivé à la station-service la plus proche juste au moment où son propriétaire en ouvrait les portes.

Un des pneus pouvait être réparé et l'a été promptement. L'autre présentait une fente plus profonde et était trop abîmé pour rouler de nouveau. La station-service n'avait pas en stock de pneu de cette taille. Et, comme on était dimanche, on ne pouvait espérer en trouver avant le lendemain.

— Laissez faire, j'ai dit au garagiste, j'utiliserai ma roue de secours.

De retour à la caravane avec la roue réparée et la jante nue, j'ai posé la première ainsi que la roue de secours.

Il était huit heures passées lorsque je me suis enfin mis en route, moi qui avais prévu de partir à six heures et demie. La pluie avait cessé. Cela m'a remonté le moral. Mais, dès que j'ai emprunté le pont Champlain, elle s'est remise à tomber de plus belle.

Je me suis efforcé de me convaincre que ce ne serait qu'une ondée passagère et j'ai poursuivi mon chemin.

Quatre heures plus tard, j'approchais du parc de Franconia Notch, au New Hampshire, où j'avais projeté de passer ma première nuit. Il m'a toutefois semblé plus judicieux de poursuivre ma route sous la pluie que de passer le reste de l'après-midi coincé dans la caravane.

J'ai jeté un coup d'œil, sur le tableau de bord, au papier autocollant jaune où j'avais inscrit en gros caractères les routes à suivre pendant les deux premiers jours, avec le kilométrage cumulatif à chaque changement de direction. Ne valait-il pas mieux, tant qu'à faire, continuer jusqu'au point d'arrivée de la deuxième étape, le parc Baxter, dans le nord du Maine ? M'y rendre serait toutefois impossible avant la nuit. Et j'ai toujours détesté conduire dans l'obscurité, surtout sur des routes que je ne connais pas. De plus, ce parc nordique, en montagne, serait particulièrement désagréable sous la pluie qui ne semblait pas vouloir cesser.

J'ai fait une pause à une halte routière. Assis à la table de la caravane, j'ai avalé mes deux sandwichs en consultant mon atlas routier. J'ai décidé de viser directement la côte du Maine, où il risquait moins de faire froid, pour remonter ensuite jusqu'à la frontière canadienne, et reprendre alors le reste de l'itinéraire que je me suis fixé : suivre les côtes jusqu'à la frontière du Mexique, que je longerai jusqu'en Californie ; de là, je remonterai la côte du Pacifique jusqu'à Seattle, pour revenir à Montréal en serrant au plus près la frontière canadienne.

Bref, je me propose de faire le tour des États-Unis d'Amérique dans le sens des aiguilles d'une montre, à partir de Montréal. En abandonnant le parc Baxter et la frontière nord du Maine, j'arrondirai les coins. Mais personne à part moi ne saura que je ne fais pas le tour absolument complet des États-Unis comme je me l'étais promis.

J'ai donc détaché un nouveau feuillet de mon bloc d'autocollants et j'y ai noté mon nouvel itinéraire.

Vers six heures, lorsque la pluie a enfin cessé, un panneau routier m'a annoncé que j'approchais du parc d'État du lac Sebago, dans le sud du Maine, et j'ai décidé d'y passer la nuit. J'ai un préjugé favorable à l'égard des parcs publics — parcs d'État ou parcs nationaux —, généralement peu coûteux, agréables et tranquilles.

Celui-là est surtout fréquenté par des amateurs de pêche qui remorquent derrière de puissantes camionnettes à quatre roues motrices des bateaux équipés d'énormes moteurs hors-bord. En cette fin de week-end de fin d'été, ils sont presque tous affairés à sortir du lac leur embarcation. Sur le pare-chocs de deux de leurs véhicules, un autocollant proclame «Qu'est-ce que nous attendons? Envoyons Rambo!», sans préciser où celui-ci pourrait être utile par les temps qui courent.

Comme je ne passerai qu'une nuit ici, je ne me suis pas donné la peine de dételer la caravane. Pour oublier les déceptions de cette journée plutôt fertile en désagréments, je me suis baigné quelques instants dans les eaux fraîches du lac et cela m'a fait du bien.

Kettletown
(CONNECTICUT)

Le 29 août 1988

Ce matin, à mon réveil, il pleuvait encore. Pas question de retourner me baigner. J'ai avalé deux tasses de café et un bol de céréales. Je me suis remis en route sans tarder.

Peu après mon départ, je suis passé à un cheveu d'un accident. Il m'arrive assez souvent de jeter un coup d'œil vers le téléphone cellulaire fixé sur la console entre les deux sièges. L'appareil est muni d'un voyant jaune qui s'allume lorsque je suis dans une zone où il peut recevoir des appels, mais qui est resté éteint depuis que j'ai franchi la frontière des États-Unis, alors que je m'imaginais que ce téléphone serait beaucoup plus souvent utilisable ici qu'au Canada.

Je suivais une moto sur une route plutôt tortueuse. Je me suis tout à coup demandé si, en cas de chute du motocycliste, je pourrais téléphoner pour obtenir de l'aide. Le voyant jaune était éteint mais, juste au moment où je m'en assurais, le motocycliste a ralenti pour prendre un petit chemin à gauche. J'ai freiné à fond sur la chaussée mouillée et la Mustang, poussée par la caravane, a frôlé de quelques centimètres sa roue arrière.

Le cœur battant, j'ai repris ma route en me jurant de ne plus m'occuper du voyant jaune.

Lorsque j'ai atteint la côte du Maine, il pleuvait toujours. Un journal acheté d'une boîte distributrice m'a appris que la météo annonçait pour aujourd'hui et quelques jours encore du temps couvert et des averses dispersées au sud, de la pluie au nord. Cela m'a convaincu de continuer vers le sud, plutôt que vers le parc national Acadia, qu'on dit pourtant être un endroit à ne pas manquer. Hier, j'avais déjà un peu arrondi les coins de mon tour des États-Unis. Un peu plus, un peu moins…

J'ai fait de petits crochets par Kennebunkport et Ogunquit, que j'ai trouvés sans intérêt mais qui, je le reconnais volontiers, pourraient se révéler jolis centres de villégiature sous un rayon de soleil.

Comme si je n'étais pas assez déprimé, la circulation le long de la route 1, qui longe la côte est, du Maine à la Floride, était désespérément lente et encore ralentie par les feux de circulation et les limites de vitesse des innombrables villes et villages qu'elle traverse.

Dans un restaurant de Portsmouth, en mâchonnant des pétoncles au gratin particulièrement coriaces, j'ai consulté une fois de plus mon atlas.

Plus au sud, j'avais prévu de suivre la côte du Massachusetts et de passer une nuit ou deux au cap Cod. Je devais ensuite longer la côte du Rhode Island et du

Connecticut, avant de passer quelques nuits dans un camping près de New York, une des rares grandes villes que j'ai envie de visiter.

Mais rien n'est plus triste que la côte atlantique sous une averse, le long d'une route d'où on ne peut même pas voir l'océan. Avant de sortir du restaurant, j'ai donc inscrit sur un nouveau petit papier jaune les numéros des autoroutes 95, 495, 90 et 84, qui m'ont permis de traverser rapidement le New Hampshire, le Massachusetts et le Connecticut, en évitant le Rhode Island.

Mon périple autour des États-Unis devait me faire traverser trente-deux États. L'abandon du Rhode Island abaisse ce total à trente et un, ce qui n'est pas bien grave. Un de plus, un de moins…

Je passe la nuit dans le parc de Kettletown, au Connecticut, que j'ai choisi à cause de sa proximité de l'autoroute. Chaque fois que je tends l'oreille, j'entends la pluie rebondir allègrement sur le toit de la caravane.

Chincoteague
(VIRGINIE)

Le 30 août 1988

En ce troisième jour de mes vacances perpétuelles, j'ai décidé de contourner New York : comme les côtes, les villes sont ennuyeuses sous la pluie. Je me suis bientôt retrouvé au New Jersey, où la pluie a enfin cessé, ce qui ne m'a pas empêché de rouler, encore pratiquement sans arrêt, jusqu'au cap May, d'où j'ai pris le traversier pour le Delaware. Cela m'a donné l'occasion de me reposer au milieu de vulgaires touristes devant lesquels j'ai éprouvé le légitime sentiment de supériorité de celui qui fait le tour de l'Amérique vis-à-vis de vacanciers revenant de deux semaines banales au cap Cod ou à New York, comme en témoignaient les inscriptions des tee-shirts qu'ils arboraient sur des estomacs généralement rebondis.

J'ai profité de la traversée pour consulter encore mon atlas, que j'ai ensuite étalé sur le siège du passager, en le laissant ouvert à la page du Delaware et du Maryland.

Descendu du traversier, j'ai roulé deux heures encore avant d'atteindre la Virginie. J'avais prévu de passer — dans une semaine — six ou sept jours près du «rivage national d'Assateague». Le camping y est interdit, mais mon volumineux guide des campings des États-Unis mentionne plusieurs terrains privés dans le village tout proche, Chincoteague.

Je me suis donc installé tout à l'heure dans le *Maddox Family Campground*, sur un emplacement pleinement équipé — prise de courant, robinet, bouche d'égout — mais particulièrement exigu.

Heureusement, la haute saison est terminée et le camping est aux trois quarts désert. Malheureusement, la porte des toilettes claque bruyamment chaque fois que quelqu'un y entre ou en sort.

Le 7 septembre 1988

Il y a huit jours que je suis au *Maddox Family Campground*. On s'habitue à tout — même aux claquements de porte nocturnes.

J'ai constaté deux choses, en consultant mes cartes. D'abord, pendant mes trois premiers jours de route, j'ai parcouru près du dixième de l'itinéraire que je m'étais fixé pour les six mois à venir. À ce rythme-là, je serai de retour à Montréal dès octobre et non en mars, alors que je ne suis pas censé voyager plus d'un jour ou deux par semaine. Ensuite, l'argent a disparu beaucoup plus rapidement que prévu, puisque j'ai brûlé beaucoup plus d'essence que prévu. La solution simple à ce double problème : prolonger mon séjour à Chincoteague, ce qui est très agréable maintenant que la pluie a cessé.

La plage d'Assateague est belle, même si l'eau de l'Atlantique est tellement froide que je me sens amplement rafraîchi dès que j'y entre jusqu'aux chevilles.

Tous les matins ou presque, je vais courir quelques kilomètres sur la piste cyclable qui traverse l'île, j'admire les poneys sauvages qui ont rendu l'endroit célèbre, je rencontre des chevreuils peu farouches et qui méritent ici parfaitement leur nom de cerfs de Virginie. De loin, j'aperçois des cygnes blancs et je me promets tous les matins de revenir en voiture avec mes jumelles.

L'après-midi, quand je reviens en voiture à la plage, j'oublie encore les jumelles.

Le soir, après avoir dîné et lavé la vaisselle, je lis en écoutant la radio dans la caravane, à l'abri des moustiques.

À quelques reprises, je me suis assis devant mon ordinateur portable.

J'ai déjà écrit quatre romans. Pas trop mauvais, s'il faut en croire les critiques. Invendables, si on peut faire confiance aux rapports de vente de mes éditeurs. Depuis plusieurs années, je me promettais de prendre ma retraite en tant que rédacteur publicitaire et de ne rien faire d'autre qu'écrire des romans. Excellents, ceux-là, puisque je pourrais désormais m'y consacrer pleinement. Mais, pendant ces jours tranquilles à Chincoteague, je constate que je suis incapable d'écrire une ligne de roman maintenant que j'ai tout mon temps, tandis qu'auparavant j'arrivais souvent à pondre plusieurs pages après une journée entière consacrée à mes textes alimentaires.

Chaque fois que je m'installe devant l'ordinateur, que ce soit sur la plage ou dans la caravane, je n'arrive qu'à écrire des notes de voyage d'une désolante banalité.

Je ne m'en fais pas trop : à quarante-sept ans, j'ai au moins vingt-cinq ans devant moi pour écrire des piles de romans. Je peux me permettre deux semaines — ou même deux mois — pour apprivoiser ma nouvelle vie de demi-retraité.

À ma plus grande surprise, je m'aperçois aussi que les journées sont trop courtes pour que je fasse tout ce que je m'étais promis : observation d'oiseaux, initiation à la mycologie, lecture de Proust, étude de la carte du ciel, apprentissage de l'espagnol et tout ce qui devait m'éviter de m'ennuyer.

Le petit déjeuner, la lecture du journal, une heure de jogging, de l'ordre à mettre dans la caravane ou dans la voiture, un peu de linge à laver, le déjeuner à préparer puis à manger, une courte sieste, quelques pages d'*Un amour de Swann*, une visite à la plage, un saut à l'épicerie, le souper et la vaisselle... et déjà la journée s'est envolée, sans que j'aie eu le temps de rien faire. J'en suis à la fois ravi et déçu. Ravi de voir que je ne m'ennuie pas comme je le redoutais. Déçu de voir que j'ai tant de mal à profiter de mon temps libre.

Le 10 septembre 1988

Voilà plus de deux heures que je suis assis devant mon ordinateur. Il pleut. Pas de jogging possible, pas de plage, pas de courses — rien d'autre à faire qu'écrire.

Cependant, je n'arrive pas à commencer le roman que je m'étais promis d'entreprendre : l'histoire d'un voyageur qui, pendant qu'il se baigne tout nu sur une plage de Floride, se fait voler toutes ses affaires — bagages, véhicule, cartes de crédit, etc. Pourtant, cela m'aiderait à chasser cette crainte qui me hante et qui m'a inspiré ce sujet qui ne m'inspire pas.

En fait, je n'ai rien écrit d'autre, depuis la douzaine de jours que je suis en route, que ces maigres notes. Je commence à me demander si je ne devrais pas entreprendre un véritable journal de voyage. Le problème, c'est qu'il ne m'arrive rien ! Mais cela ne devrait pas m'arrêter, car les sujets sérieux ne manquent pas : observation par un Québécois de la société américaine et de la nature, omniprésente dans les parcs nationaux que je fréquente ; et peut-être surtout description d'états d'âme et de faits et gestes insignifiants qui peuvent, avec un effort de réflexion et d'écriture, devenir aussi passionnants que les récits des grands mémorialistes.

Cela implique que ces notes de voyage que je n'écris que pour moi deviennent un journal intime — donc, paradoxalement, écrit pour les autres. Tant que j'écris pour moi seul, je ne dis de moi que ce que je crains d'oublier. Si je veux écrire un journal que d'autres pourront lire avec plaisir, il faut que je parle de moi.

À condition qu'il m'arrive quelque chose.

Cap Hatteras

(CAROLINE DU NORD)

Le 12 septembre 1988

Nouveau problème, au moment de lever le camp, ce matin.

Après avoir attelé la caravane à la voiture, je me suis arrêté aux toilettes pour prendre une douche.

Je me suis remis au volant. Sur l'autoroute, à quelques reprises, j'ai entendu un bruit inhabituel provenant de l'arrière. Je n'y ai pas trop fait attention. Il y a dans le coffre de la Mustang des tas de choses susceptibles de faire du bruit au moindre cahot.

Arrêté un peu plus loin pour faire le plein, j'en ai profité pour examiner l'attelage de la caravane. Horreur! L'espèce de mâchoire fixée au timon et qui doit se refermer sur la boule à l'arrière de la voiture n'était pas fermée comme elle aurait dû l'être. La caravane aurait pu se détacher à la moindre secousse. Elle aurait encore été retenue à la voiture par les deux chaînes de sécurité. Mais j'ai lu dans des magazines spécialisés des histoires terrifiantes au sujet de caravanes ainsi détachées et faisant capoter les véhicules qui les remorquaient ou les entraînant avec elles au fond d'un ravin.

Pourtant, j'aurais juré que j'avais bien refermé la mâchoire de l'attelage avant d'aller à la douche. J'ai, comme le recommandent les spécialistes afin d'éviter toute distraction, accompli sans interruption la série d'opérations qui permettent de bien accrocher la caravane. La seule explication possible : quelqu'un l'a détachée à moitié pendant que je prenais ma douche. Qui ? Il y a eu pendant le week-end plusieurs adolescents dans ce camping. Il suffit qu'un seul d'entre eux ait songé à me faire une bonne blague.

Malgré cet incident, je suis arrivé sans encombre, vers six heures, à Oregon Inlet, premier camping du «rivage national du cap Hatteras», longue bande de terre s'étendant dans l'Atlantique, au large de la Caroline du Nord. Je me suis installé près des dunes sur un terrain asphalté et sans l'ombre d'un arbre.

De prime abord, le paysage m'a semblé déprimant. Mais dès que je suis monté au sommet de la dune pour regarder le soleil se coucher, j'ai été rassuré : l'Atlantique était là, à quelques centaines de mètres, par-delà une grande plage.

Près des vagues, des véhicules à quatre roues motrices étaient garés de loin en loin. Dès que le soleil a disparu à l'horizon, leurs phares se sont allumés et leurs faisceaux se sont éloignés.

Mes ennuis de ce matin m'ont inspiré un autre sujet de roman. Un homme part vers le sud avec une caravane. Au départ, quelqu'un lui a dégonflé ses pneus. Un peu plus loin, on lui détache sa caravane pendant qu'il est aux toilettes. Ensuite, il éprouve d'autres ennuis encore : ses freins sont sabotés, sa direction desserrée (est-ce qu'une direction se desserre ?)… Bref, il finit par se rendre compte que quelqu'un le suit et cherche à le tuer. Je me demande ce qu'un Stephen King pourrait tirer d'un sujet comme celui-là. Mais je serais bien en peine de répondre, car je ne l'ai jamais lu. Je n'ai pas de goût pour les *thrillers* — pas plus pour les lire que pour les écrire. Il vaut mieux poursuivre l'écriture de mon histoire de voyageur qui se fait simplement voler toutes ses affaires.

Poursuivre ? Il faudrait d'abord que je commence.

Le 14 septembre 1988

Hier, il a plu toute la soirée et une bonne partie de la nuit, avec un vent qui faisait ployer les tentes de mes rares voisins. Ce matin, la radio m'a appris qu'il risque de pleuvoir sur tous les «outer banks» (c'est le nom qu'on donne à la bande de terre qui protège la côte), mais qu'il fera beau sur le continent — en particulier au nord, tandis que le sud souffrira d'un temps maussade.

Effectivement, une belle éclaircie dans les nuages au nord-ouest témoigne du beau temps sur la côte. Je suis tenté, un instant seulement, de repartir au nord à la recherche du soleil. Mais ce n'est pas en remontant vers Montréal que je ferai le tour des États-Unis. Une seule direction s'ouvre à moi désormais, en dépit des intempéries : le sud.

Je resterai ici la semaine entière, comme je me le suis promis, malgré les douches froides qui deviennent glaciales lorsque le vent se glisse sous la porte des cabines.

Mes journées au cap Hatteras sont un peu vides, souvent gâchées par un temps gris et détrempé. Je m'ennuie parfois, mais sans doute est-ce simplement la difficulté de m'ajuster à ma vie d'écrivain à temps plein qui n'écrit rien.

Presque tous les matins, je m'assieds pourtant devant l'ordinateur. Mais je n'écris pas un mot (j'écris généralement ces notes de voyage en fin de journée, pour ne pas gêner mon écriture littéraire). L'inspiration ne saurait toutefois tarder devant tant d'assiduité.

Le 18 septembre 1988

S'il y a une chose que je croyais avoir planifiée de façon impeccable, c'est bien mes communications téléphoniques.

Pour commencer, j'ai une carte d'appel. De n'importe quel téléphone public, au Canada ou aux États-Unis, je peux appeler où je veux, sans faire virer les frais et sans utiliser de monnaie. Je n'ai même pas à garder ma carte sur moi. Je n'ai qu'à composer le numéro que je désire, puis mon numéro de carte — qui est tout simplement mon numéro de téléphone, précédé de l'indicatif régional et suivi d'un code de quatre chiffres, que j'ai appris par cœur lui aussi. Et j'ai pris avant de partir la précaution d'envoyer à la compagnie de téléphone une série de chèques pour régler mes frais mensuels.

J'ai aussi équipé ma voiture d'un téléphone cellulaire, pour des motifs purement professionnels.

Les deux émissions de radio que je rédigeais avaient pris fin au début de l'été, ce qui avait accéléré mon projet de retraite. Mais, trois semaines avant mon départ, Larry Sirois (propriétaire de la maison de production) m'a parlé de la possibilité d'une nouvelle émission, portant sur l'activité physique. Le commanditaire — un grand fabricant d'articles de sport — n'avait pas encore donné son accord définitif, et cela ne justifiait pas que j'annule mon voyage (ce que je n'avais aucune envie de faire). J'ai donc commencé par refuser, mais Larry a insisté pour que je fasse ces travaux à distance. Il est vrai qu'avec un ordinateur je peux travailler aussi aisément en Floride qu'à Montréal. Avec un téléphone cellulaire et un télécopieur, il serait aussi facile et plus rapide d'envoyer mes textes au studio que si j'étais chez moi, rue Rachel.

Le représentant qui m'a vendu mon téléphone m'a vanté avec le plus bel optimisme (et la plus totale ignorance) la facilité avec laquelle on pourrait me joindre avec cet appareil, partout aux États-Unis. Une étude approfondie de la documentation m'a fait déchanter avant même d'être parti. On y expliquait que, pour me joindre lorsque je sortirais de la région de Montréal, il faudrait connaître deux choses : d'abord, la région dans laquelle je me trouverais au moment de l'appel, et ensuite le numéro du code d'accès permettant de me joindre en cet endroit. J'ai demandé ces codes, et j'ai dressé pour Larry une liste des endroits où je compte aller, avec les dates où je devrais y être et les codes d'accès nécessaires pour m'y joindre.

Pour simplifier les choses, j'ai décidé de passer une semaine à chaque étape de mon voyage, ce qui est aussi un bon moyen de m'assurer que je n'irai ni trop vite ni trop lentement. Et je me déplace tous les lundis — les mardis aussi dans le cas des étapes les plus longues.

Ironiquement, depuis mon départ, tous les campings dans lesquels j'ai séjourné sont hors des zones desservies par le téléphone cellulaire. J'ai beau suivre fidèlement mon itinéraire (je suis passé très vite en Nouvelle-Angleterre, mais j'ai compensé par une semaine supplémentaire à Chincoteague), personne ne peut me téléphoner!

Heureusement, j'ai aussi pris soin de m'abonner à ce que la compagnie de téléphone cellulaire appelle son «centre de messages»: si je ne réponds pas, on n'a qu'à laisser un message enregistré dans ma «boîte aux lettres» personnelle. Ainsi, je peux, de n'importe quelle cabine téléphonique, écouter mes messages.

À Chincoteague, le premier dimanche (je profite des tarifs dominicaux), j'ai fait comme promis: de la cabine téléphonique du camping, j'ai essayé d'écouter les messages qu'on pouvait m'avoir laissés, en suivant à la lettre les instructions écrites.

J'ai commencé par composer le numéro du centre de messages, précédé de l'indicatif régional de Montréal, puis j'ai fait mon numéro de carte d'appel.

J'ai alors entendu «Thank you for using AT&T.» Il y a eu une brève pause. J'ai appuyé sur le dièse suivi de mon numéro de cellulaire. J'ai fait mon «mot de passe» destiné à mettre mes messages à l'abri des oreilles indiscrètes (comme pour ma carte bancaire, j'ai choisi l'année de ma naissance, que je ne risque pas d'oublier). Une voix enregistrée m'a dit, en français cette fois : « Merci d'avoir appelé Bell Canada. » Et la communication a été coupée.

J'en ai déduit qu'on ne m'avait laissé aucun message. Cela m'a vexé un peu, que personne ne se soit préoccupé de moi. Mais cela m'a rassuré, aussi. « Pas de nouvelles, bonnes nouvelles », me suis-je dit avec philosophie.

Le second dimanche à Chincoteague, même scénario. Pas de message. Même conclusion.

Ce matin, dimanche encore, je me suis rendu à la cabine téléphonique du port de plaisance, tout proche. J'ai procédé de la même manière que les deux premières fois, avec les mêmes résultats.

Toujours pas de message. En revenant à la caravane, j'ai été pris d'un doute. Comment se pouvait-il qu'en trois semaines, avec deux numéros de téléphone (en plus du téléphone cellulaire, j'ai gardé mon téléphone à l'appartement, avec transfert automatique des appels vers le cellulaire), je n'aie pas eu un seul message ? Même pas de quelqu'un qui, croyant s'adresser à la pizzeria locale ou au dépanneur du coin, aurait commandé une pizza aux anchois ou une caisse de bière qu'il attendrait encore ?

Peut-être avais-je mal compris la marche à suivre pour prendre connaissance de mes messages ? J'ai consulté la documentation, qui m'a confirmé que je m'y prenais correctement.

J'ai alors eu, bien tardivement, une idée brillante : je n'avais qu'à me laisser un message, puis à le récupérer.

Sitôt dit, sitôt fait : je suis retourné à la cabine téléphonique, j'ai composé mon numéro de cellulaire. Ma propre voix enregistrée m'a demandé de laisser un message. Au son du timbre, j'ai dit simplement : « C'est moi, le 18 septembre. » Et j'ai raccroché.

J'ai alors fait comme lors de mes appels précédents au centre de messages. Mais je n'ai eu d'autre réponse que les sempiternels « Thank you for using AT&T » et « Merci d'avoir appelé Bell Canada ».

Impossible de récupérer mon propre message ! Je suis retourné à la caravane, j'ai parcouru une fois de plus toute la documentation sans trouver de solution à mon problème. Mais j'ai noté cette fois le numéro de l'aide aux abonnés.

De retour à la cabine, j'ai parlé à un préposé qui m'a expliqué qu'il est impossible d'écouter ses messages par l'interurbain, à partir d'une cabine téléphonique. Il y a, si j'ai bien compris, une pause trop longue, pendant laquelle le système décroche.

Que faire alors pour prendre mes messages hors des zones du cellulaire ? Le préposé m'a expliqué qu'il suffit de demander l'aide aux abonnés comme je viens de le faire, et on me mettra en communication avec ma boîte aux lettres. Il m'en a aussitôt fait la démonstration.

Une voix féminine m'a demandé de faire mon mot de passe. J'ai obéi. Une autre voix de femme m'a dit alors, sur le ton monocorde et saccadé des enregistrements dans lesquels des chiffres et des dates sont insérés automatiquement : « Vous avez eu un message, le 9 septembre. Il a été effacé. Si vous voulez effacer cet avis, appuyez sur le 1… »

Ce que j'ai fait.

«Vous avez un nouveau message», a continué la voix en insistant triomphalement sur le un, comme si j'avais battu le record mondial de réception de messages. J'ai appuyé sur le 1. J'ai enfin entendu ma voix : «C'est moi, le 18 septembre.»

«Pour réécouter ce message, a ajouté la voix, appuyez sur le 1. Pour l'effacer, appuyez sur le 7.»

J'ai fait le 7.

«Au revoir», a fait la voix sur un ton amical et chaleureux.

Mais cela ne m'a pas du tout consolé. J'ai perdu un message, le 9 septembre. Comment est-ce possible ? J'ai refait le numéro du service aux abonnés. On m'a expliqué que les messages ne sont conservés que pendant une semaine.

Il me faudra donc dorénavant récupérer mes messages fidèlement le même jour de la semaine, à la même heure, sinon je risque d'en perdre d'autres. J'ai décidé de toujours téléphoner le dimanche matin, à dix heures précises, heure de Montréal.

J'ai passé la journée à me demander qui avait pu me téléphoner. Larry Sirois, peut-être ? Ou Judith ? Ou Laurette ?

Était-ce un appel urgent ou important ? Ou une vulgaire sollicitation téléphonique me proposant de m'abonner à un journal ? Si cela avait été un appel important, on aurait sûrement tenté de me joindre à plusieurs reprises. Quoique cela ne prouve rien. Ne m'est-il pas déjà arrivé, après avoir laissé un message urgent sur un répondeur téléphonique, d'être tenté de rappeler plusieurs fois, mais de juger cela idiot ?

J'ai fini par me convaincre que c'était simplement quelqu'un qui voulait me laisser un message sans importance.

Demain matin, je téléphonerai quand même au bureau de Larry Sirois pour lui demander s'il n'a pas, par hasard, essayé de me joindre.

Edisto

(CAROLINE DU SUD)

Le 21 septembre 1988

Je crois avoir trouvé un bon titre pour ce récit de voyage, si jamais j'en tire quelque chose de publiable : *Le voyageur à six roues.*

Cela me semble d'autant plus approprié que les pneus de la voiture et de la caravane sont les seuls et uniques problèmes de ce voyage qui autrement serait sans histoire. Hier matin, ils ont remis ça.

Comme le prévoyait mon calendrier d'étapes hebdomadaires, je me préparais à quitter le cap Hatteras.

Lorsque j'ai reculé la voiture pour atteler la caravane, j'ai constaté qu'elle roulait bizarrement : deux pneus étaient à plat.

Des voyous m'auraient-ils encore joué un mauvais tour ? Au moins, les pneus n'étaient pas abîmés et je les ai regonflés.

Le seul autre événement remarquable de cette journée froide et pluvieuse, je l'ai vécu lorsque je me suis trouvé soudain face à un *marine* en uniforme de camouflage, debout devant une guérite sur le bord de la route, à côté d'un panneau m'annonçant que j'entrais dans le camp LeJeune de l'infanterie de marine américaine. Croyant m'être égaré, j'ai baissé la glace et je m'apprêtais à expliquer comment j'étais arrivé là. Mais la sentinelle a coupé court à mes explications et m'a tendu un bout de papier qu'elle m'a ordonné de remettre à l'autre bout du camp, quand j'en sortirais.

Il s'agissait d'un laissez-passer d'une heure.

Je suis reparti vers le sud, et j'ai trouvé amusant de lire le long de la route les panneaux mettant les automobilistes en garde tantôt contre les traversées de chevreuils, tantôt contre celles de tanks. J'ai rêvé de voir les deux à la fois : un char d'assaut poursuivant un chevreuil ou, mieux encore, un chevreuil à la poursuite d'un tank. Mais je n'ai vu ni tank ni cerf de Virginie.

Je suis arrivé au parc d'État d'Edisto après une longue journée de route.

À l'entrée, une grosse jeune femme noire m'a envoyé vers un emplacement en plein soleil, qu'elle affirmait être le seul libre, et où des millions de moustiques se sont précipités sur moi comme si j'avais été la seule source de sang frais à mille kilomètres à la ronde.

Il y avait pourtant plusieurs emplacements ombragés, apparemment déserts. Je suis retourné voir la jeune femme à l'entrée du parc, qui m'a expliqué que ces emplacements avaient été détrempés par les pluies récentes, mais que, si j'y tenais absolument, je pouvais y déménager.

J'ai dit que j'y tenais absolument.

La plage est très agréable. Je passe mes journées à lire sous les cocotiers. En fait, c'est la première fois que je me trouve, en camping, tout près d'une plage où il y a des arbres.

Souvent, j'aperçois au loin des dauphins qui pêchent en groupes ou des crevettiers qui pêchent en solitaires. Je me suis essayé à la pêche à la ligne, mais sans succès, et j'ai eu honte, après une heure d'efforts, de n'avoir rien pris tandis que les autres pêcheurs attrapaient un poisson toutes les cinq minutes.

J'ai par contre écrit une page (pas entière, mais plus qu'à moitié pleine) de l'histoire de mon voyageur qui se retrouve nu sur une plage de Floride, après s'être fait totalement dévaliser. Le fait que la plage avec ses cocotiers ressemble beaucoup à celle que j'imaginais m'a inspiré pendant quelques minutes. Puis, paresse aidant, j'ai décidé qu'il valait mieux attendre d'être vraiment en Floride pour écrire la suite.

Je résiste à la tentation de situer mon histoire en Caroline du Sud, État qui n'a rien de mythique. Un voyageur en détresse sur une plage de Caroline du Sud est ridicule. Sur une plage de Floride, il est un symbole. Je ne sais pas de quoi, mais un symbole quand même.

Peut-être suis-je simplement à la recherche d'excuses tordues pour passer mes journées sur la plage, à ne rien faire.

Le 24 septembre 1988

La plage d'Edisto est bien jolie, mais elle est trop pentue et son sable est trop mou pour que j'y fasse mon jogging. Je suis allé courir ce matin sur le chemin goudronné, d'un bout à l'autre du camping. Une voiture m'a doublé en roulant lentement. J'ai remarqué que le conducteur se masturbait en gardant un magazine ouvert sur le volant. Il m'a semblé qu'il contenait des photos d'hommes plutôt que de femmes. Un peu plus loin, la voiture s'est garée dans un élargissement de la route et le conducteur m'a adressé des mouvements de langue sans équivoque.

Le 25 septembre 1988

Ce matin, à huit heures, malgré la pluie, je suis allé au téléphone public prendre mes messages.

Surprise! La voix informatisée m'a dit, sur un ton qui m'a semblé plus allègre que de coutume : «Vous avez un nouveau message. Pour écouter ce message, appuyez sur le 1.» J'ai obéi.

«Allô ? C'est moi, a dit la voix de Judith Archambault (peut-être un peu, beaucoup éméchée). J'espère que ton voyage va comme tu veux. Moi, je viens d'apprendre que je suis enceinte. Mais tout est sous contrôle. Ne t'inquiète surtout de rien. Je t'embrasse. Façon de parler.»

La voix numérisée est revenue : «Pour réécouter ce message, appuyez sur le 1. Pour l'effacer, appuyez sur le 7.»

J'ai fait le 1 et écouté le message encore plus attentivement que la première fois. Lorsque la voix enregistrée est revenue, j'ai appuyé sur le 7.

« Au revoir ! »

Judith n'a pas dit si c'est de moi qu'elle est enceinte. Peut-il en être autrement ? Je suis, en tout cas, convaincu — mais cela relève peut-être de la vanité masculine — qu'elle ne voyait que moi jusqu'à mon départ, et je ne suis pas parti depuis assez longtemps pour qu'elle tombe enceinte d'un autre. Du moins, même à moi qui ne connais rien à ces choses, il me semble que trois semaines c'est un peu juste pour concevoir un enfant et apprendre qu'on est enceinte. Et que voulait-elle dire par « Tout est sous contrôle » ? Qu'elle se fera avorter, sans doute. À moins que cela ne signifie au contraire qu'elle gardera son enfant ?

J'ai téléphoné chez Judith. Je suis tombé sur son répondeur.

— Judith, c'est moi. J'ai eu ton message. J'aimerais te parler. Pourrais-tu essayer d'être là, ce soir, à huit heures juste ? Je t'embrasse.

J'ai raccroché.

Cet après-midi, je reste à l'abri, dans la caravane, devant le clavier de l'ordinateur auquel j'ai envie de raconter mes aventures avec Judith Archambault. C'est une longue histoire — qui m'aidera à meubler cette journée d'attente…

Pendant quelques années, j'ai rédigé pour le studio de Larry Sirois — Les Productions Entre Deux Oreilles — des émissions radiophoniques quotidiennes de trois minutes, dont le contenu était prétendument d'intérêt public, bien que le commanditaire de ces émissions ait espéré fortement que le public se souviendrait surtout de son nom et de son intérêt pour l'intérêt public. La première était présentée par une grande banque et proposait des conseils sur les sujets les plus divers — depuis les investissements personnels jusqu'aux soins de beauté. La seconde portait le nom d'une importante ligne aérienne et s'efforçait de répondre à toutes les questions qu'on peut se poser sur les voyages — où aller, comment combattre le décalage horaire, quels vaccins recevoir, et plusieurs autres questions qu'aucun voyageur ne s'est jamais posées.

Je recevais, chaque semaine, des interviews enregistrées qu'on me faisait parvenir par coursier. Et j'envoyais toutes les semaines, par le même moyen, mes textes — essentiellement les liens entre les extraits d'entrevues —, qui étaient par la suite enregistrés par des comédiens.

Au printemps 1986, Judith Archambault avait abandonné son métier d'hôtesse de l'air (agent de bord, me corrigeait constamment le commanditaire de l'émission sur les voyages) pour entrer à l'emploi de Larry Sirois. Elle avait trente-cinq ans (ou à peu près) et le vague titre d'assistante de production. Elle fut chargée de recevoir mes textes et d'en envoyer des copies aux clients pour obtenir leur approbation.

Nous avions rarement affaire l'un à l'autre.

Je ne passais pas au studio plus de cinq ou six fois par an. Je ne parlais guère plus souvent à Judith au téléphone, et jamais plus de quelques secondes. Les rares fois que nos conversations téléphoniques avaient dépassé la demi-minute nécessaire pour que je lui dise que je lui expédiais mes textes et me fasse répondre qu'elle les attendait, nous nous étions trouvés, je suppose, mutuellement désagréables ou à tout le moins inintéressants. Il est vrai qu'il s'agissait alors de régler des problèmes — une erreur de chronométrage de ma part, ou un texte refusé par le commanditaire pour des raisons incompréhensibles ou insensées.

Un soir, après la réception de Noël des Productions Entre Deux Oreilles, Judith a pourtant proposé de me reconduire chez moi, car elle savait que je ne possédais pas de voiture (tant que je n'ai pas eu à remorquer une caravane, j'ai préféré circuler en ville à pied, le plus souvent en courant). J'ai accepté parce que je n'étais pas sûr de trouver un taxi à cette heure.

Je l'ai vite regretté. La Toyota de Judith circulait avec fantaisie le long des rues, pendant qu'elle me racontait que son père l'avait violée quand elle avait onze ans, qu'elle avait plus tard épousé un drogué qui l'avait forcée à faire le trottoir et une foule d'autres choses horribles qu'elle n'aurait sûrement racontées à personne si elle n'avait pas été complètement saoule.

Heureusement, mon appartement est assez près du centre-ville, au douzième étage d'un immeuble du Plateau Mont-Royal. Nous y sommes arrivés sains et saufs.

— Tu habites loin d'ici ? j'ai demandé à Judith.

— Par là-bas, à Anjou, a-t-elle répondu avec un geste imprécis qui laissait entendre qu'elle ne savait plus tout à fait où elle était.

— Si tu veux, tu peux dormir chez moi.

Je me suis rendu compte que cela ressemblait à une invitation, que je n'avais pas envie de faire vu l'état dans lequel Judith se trouvait.

— Ce serait plus prudent, ai-je ajouté prudemment.

Elle a refusé et est repartie. Je suis monté chez moi, je me suis déshabillé, j'ai avalé deux cachets d'aspirine et je me suis endormi aussitôt au lit.

Quelques minutes plus tard, la sonnerie de la porte d'entrée a retenti avec insistance. J'ai enfilé ma robe de chambre et appuyé sur le bouton de l'interphone.

— Tu m'invites toujours ? m'a demandé la voix de Judith.

— Oui, oui, j'ai dit en affectant un enthousiasme que je n'éprouvais pas.

Je me suis installé sur le pas de la porte pour l'attendre. Sitôt sortie de l'ascenseur, Judith est partie du mauvais côté.

— Psitt ! Par ici.

— Ah oui : toi ! a-t-elle dit en se retournant, comme si elle avait oublié chez qui elle allait.

Elle a zigzagué dans le couloir, s'est cognée contre un mur puis contre l'autre. Je me suis avancé pour la guider, de crainte qu'elle ne réveille les voisins.

— Je pense que j'ai trop bu, a-t-elle fait en me tombant dans les bras.

Je l'ai tirée vers l'intérieur. Elle était molle comme un chiffon.

— Tu veux dormir dans mon lit ou sur le divan ?

— Ton lit.

Je l'ai traînée jusqu'à ma chambre. Il a fallu que je l'aide à se déshabiller — elle portait un chandail à col étroit qu'elle n'arrivait pas à faire passer au-dessus de son abondante chevelure rousse.

Elle est tombée dans mon lit. J'ai eu du mal à enlever les couvertures de sous elle pour la couvrir. Je suis enfin sorti de la chambre, j'ai pris deux autres aspirines et je me suis étendu sur le canapé du salon.

— Où es-tu ? a fait la voix plaintive de Judith.

— Ici.

— Viens.

Je suis allé la retrouver. Elle avait rejeté les couvertures à ses pieds.

— Couche-toi là, m'a-t-elle ordonné en tapotant le lit, à côté d'elle.

Je me suis couché là. Et elle s'est rendormie immédiatement. Moi, pas tout de suite.

Le lendemain matin, je lui ai servi au lit le petit-déjeuner que mes années d'expérience me recommandent en cas de gueule de bois : jus de tomate, cornichons, œufs brouillés, café.

Elle n'était pas belle à voir, avec ses yeux bouffis et son maquillage qui lui dégoulinait sur les joues. Mais elle avait quelque chose de touchant. Ce n'était plus la Judith Archambault professionnelle et froide que j'avais connue jusque-là, au téléphone. C'était une femme, fragile et vulnérable.

— Il faut que tu me jures une chose, a-t-elle supplié, d'une voix brisée.

— Demande toujours.

— Ne dis rien à personne au sujet de cette nuit.

— La tombe, j'ai juré en croisant mon index sur mes lèvres.

Après le déjeuner, elle s'est habillée, m'a rejoint au salon, s'est haussée sur la pointe des pieds et a passé ses bras autour de mon cou.

— Tu le jures ?

— Quoi ?

— Que tu ne diras rien ?

— Je le jure.

Elle a marché jusqu'à la porte en chancelant encore un peu. Elle a eu du mal à enlever la chaîne de sûreté. Je l'ai ouverte pour elle.

— Merci, c'était vraiment très bien, a-t-elle dit en guise d'adieu et en me donnant un petit baiser sur le menton.

Dix minutes plus tard, la sonnerie de la porte d'entrée retentissait.

— Ma Toyota a disparu.

— Je descends.

Nous avons passé une bonne demi-heure à arpenter le quartier, à la recherche d'une Tercel rouge. Nous avons fini par la trouver dans la ruelle voisine, avec une contravention coincée sous un essuie-glace.

Judith est souvent revenue passer la nuit chez moi. Elle insistait toujours pour que personne au studio ne soit au courant de notre liaison. Je comprenais cette précaution, qui faisait mon affaire, à moi aussi. En vingt ans de métier, je m'étais toujours efforcé d'éviter toute aventure, même passagère, avec des collègues ou des clientes, bien que l'occasion s'en soit présentée à quelques reprises.

Pourtant, il y avait une grande différence entre les réticences de Judith Archambault et les miennes. Elle avait peur des ragots, tandis que j'avais peur de toutes les complications qu'entraîne une liaison lorsqu'on doit travailler régulièrement avec la personne qui en est l'objet. Je craignais que tôt ou tard cette liaison ne gêne nos relations professionnelles — surtout si elle tournait au vinaigre. Mais cela n'éloigna pas Judith, qui persista à utiliser mon lit, pourvu que personne d'autre que mon concierge ne s'en doute.

Nous ne nous rencontrions que chez moi. Vers dix heures, minuit ou deux heures, la sonnerie de la porte d'entrée retentissait et me réveillait. Je savais que c'était elle et ne me donnais pas la peine de l'interroger dans l'interphone avant d'appuyer sur le bouton d'ouverture de la porte.

Souvent, elle avait travaillé toute la soirée. Plus souvent encore, elle avait bu et sentait l'alcool. Dans ce cas, je lui demandais où elle avait garé sa voiture et je le notais sur un bout de papier.

Si elle était à peu près sobre, nous faisions l'amour. Si elle ne l'était pas, elle s'endormait près de moi ; il m'est arrivé d'éjaculer juste à la savoir étendue nue à mes côtés.

Nous ne sortions jamais, ce qui était le moyen le plus sûr d'éviter qu'on nous voie ensemble. Judith ne me téléphonait jamais, sinon pour des raisons professionnelles. Et je crois que nous avions alors le même ton distant qu'auparavant.

Une fois, je lui ai dit qu'il vaudrait mieux mettre fin à cette liaison qui pourrait devenir gênante pour elle si jamais quelqu'un venait à la découvrir. Elle a fondu en larmes et m'a supplié de ne pas l'abandonner.

Lorsque, en mai dernier, la banque et la ligne aérienne ont annoncé presque en même temps qu'elles ne renouvelaient pas leurs contrats, j'ai parlé à Judith de mon projet de prendre ma retraite et de voyager. Je lui en avais déjà glissé un mot, sans fixer de date, car je croyais en avoir pour encore un an ou deux, et elle n'avait pas réagi. Mais quand je lui ai annoncé, au début de l'été, que je partais trois mois plus tard, elle a fait une autre crise de larmes et m'a supplié de rester.

Saint Augustine

(FLORIDE)

Le 26 septembre 1988

Tel que promis, je suis retourné à la cabine téléphonique à huit heures, hier soir. Un homme aux cheveux blancs l'occupait. Il avait garé tout près un énorme camping-car dont il laissait tourner le moteur. Il entretenait une discussion animée. Je me suis efforcé de ne pas l'écouter, mais je n'ai pu m'empêcher de saisir quelques phrases parce qu'il parlait très fort pour surmonter le bruit du moteur.

— Moi, je voudrais bien revenir, disait l'homme en anglais, mais seulement si tu retires ta plainte. D'ici là, tu ne sauras même pas où je suis. Je pourrais être en Floride, en Alaska, au Mexique, ça ne te regarde pas. Tout ce que je te demande, c'est d'aller à la police retirer ta plainte!

La discussion a duré encore une bonne dizaine de minutes. Je faisais le tour de la cabine, dans l'espoir que l'homme tiendrait compte de ma présence. Mais il faisait exprès de toujours me tourner le dos, et je n'ai pas réussi à établir le contact visuel.

— Tu n'as qu'à changer d'avocat. Moi, je continue. Non, je ne te dirai pas où.

Un long silence — deux ou trois minutes, peut-être — a suivi. Puis l'homme a simplement dit «non» et raccroché.

Je me suis précipité sur le téléphone.

«Vous êtes bien chez Judith Archambault...», a commencé sa voix de répondeur.

L'avais-je manquée à cause du compère précédent ou avait-elle décidé de ne pas prendre mon appel?

— C'est encore moi. Je n'ai pas pu te rappeler à temps. Si on ressayait à dix heures? Il faut absolument que je te parle.

À dix heures, pas de réponse chez Judith. Et le répondeur a été débranché. Même chose à minuit. Est-elle furieuse parce que j'ai eu un quart d'heure de retard? A-t-elle décidé de ne pas me parler? Peut-être un cas de force majeure l'a-t-il retardée. Ou elle était tout simplement dans un bar, en train de noyer son chagrin. Ou morte des complications d'un avortement. Qu'est-ce que j'en sais? Je suis retourné à la caravane, j'ai bu deux tasses de café pour rester éveillé, j'ai essayé encore à deux heures du matin. En vain toujours.

Le 29 septembre 1988

J'ai téléphoné chez Judith jusqu'à quatre fois par jour, à presque toutes les heures du soir et de la nuit. Plusieurs fois aussi, je me suis rendu à la cabine téléphonique en plein jour, dans l'intention de demander Judith Archambault au studio de Larry Sirois. Mais je me suis ravisé chaque fois, parce que je crains de ne pas passer inaperçu, ce que Judith ne me pardonnerait pas. De plus, si la réceptionniste reconnaît ma voix, cela pourrait être utilisé contre moi dans un éventuel procès de paternité.

Cet après-midi, j'ai enfin songé à brancher le téléphone dans la voiture (depuis quelques jours, je l'avais laissé dans le coffre pour éviter de me le faire voler). Surprise! Le voyant jaune s'allume. J'ai rappelé une dernière fois chez Judith. Je lui ai dit qu'elle peut me téléphoner n'importe quand. Mais le téléphone n'a pas sonné depuis.

Je m'efforce de ne pas penser à Judith, mais je pense à elle toute la journée. J'ai finalement pris une décision fort simple : ce sera à elle de décider. Si elle veut garder l'enfant, je m'engagerai à lui verser quatre mille dollars — ce qui est le maximum que je peux me permettre, et encore je devrai me priver d'une foule de choses. Quatre mille dollars, c'est plus que mes droits d'auteur pour mes trois premiers romans! Si elle opte pour l'avortement, je lui promettrai de payer tous les frais, même si je crois qu'il n'y en aura pas, ou de lui verser l'équivalent de son salaire pendant son absence du travail, qui ne devrait pas être bien longue. Mais si elle veut que je revienne à Montréal vivre avec elle, je serai ferme : pas question. Je l'inviterai à passer quelques semaines avec moi dans la caravane si ça l'intéresse. Rien de plus. De toute façon, je ne pense pas qu'elle accepterait.

Le 30 septembre 1988

À cause de toutes mes histoires avec Judith Archambault, j'ai oublié de parler de l'endroit où je me trouve.

Pourtant, le camping du parc d'État Anastasia, près de Saint Augustine, dans le nord de la Floride, est plus agréable encore que celui d'Edisto.

J'ai l'impression d'avoir trouvé le paradis, version floridienne. Les emplacements sont ombragés, bien isolés les uns des autres par un feuillage abondant. Il fait beau. Les journées ne sont pas trop chaudes. Les nuits sont juste assez fraîches pour bien dormir. La plage, quoique moins proche du camping qu'à Edisto, est large et belle, avec une eau pure et claire. Surtout, cette plage est accessible aux voitures. Et le sable y est dense et fin, de sorte qu'on peut y circuler sans risque de s'enliser.

J'ai tenté l'expérience, et j'en ai retiré un grand plaisir. On roule doucement et silencieusement sur le sable. Les voitures sont d'ailleurs peu nombreuses en cette saison et font bon ménage avec les baigneurs, eux-mêmes venus là en voiture.

De plus, à moins de cinq minutes se trouve la jolie ville de Saint Augustine, avec son vieux quartier espagnol. Une université occupe le centre de la ville — le collège Flagler, dont l'architecture pittoresque me donne l'envie, très fugitive, de retourner aux études.

Sebastian Inlet
(FLORIDE)

Le 3 octobre 1988

Sur toute la côte atlantique, il doit bien y avoir au moins un pêcheur à tous les cent mètres, en moyenne.

Mais je n'en ai jamais vu une telle concentration que ce soir, au parc d'État de Sebastian Inlet, dans une île à peine plus large que la route. Un chenal, enjambé par un pont, relie l'Atlantique au bras de mer intérieur, à l'ouest de l'île.

Une foule dense se pressait sur les passerelles suspendues sous le pont et qui permettent de pêcher à l'abri des voitures qui filent à vive allure sur la chaussée.

Mais rien ne protégeait les pêcheurs les uns des autres. Ils étaient plusieurs centaines sur les passerelles et le long des berges du chenal. Les lignes s'entremêlaient et certains apostrophaient sans ménagement ceux qu'ils jugeaient coupables d'avoir lancé leur ligne par-dessus la leur.

Pour s'approvisionner en appâts, plusieurs utilisaient des filets qu'ils jetaient dans l'eau et qu'ils remontaient avec quelques petits poissons et plusieurs hameçons de compétiteurs qui ne se gênaient pas pour manifester leur mécontentement.

Un pêcheur, de la berge du chenal, avait un gros poisson au bout de sa ligne. «C'est un requin», s'exclamait-on autour de lui. Pas de danger qu'il s'échappe : la canne était énorme et le fil très fort, comme si le pêcheur s'était spécialement équipé pour le requin.

Mais dès qu'il eut sorti sa pièce, il a décroché le squale de plus d'un mètre et l'a relancé à l'eau. Une femme eut beau dire que si c'était je ne sais plus trop quelle sorte de requin, il serait excellent à manger, le pêcheur a relancé son appât dans l'eau au bout de son gros fil, toujours à la recherche de quelque chose d'énorme, pourvu que ce ne soit pas un requin.

Sugarloaf Key
(FLORIDE)

Le 5 octobre 1988

Hier, j'ai passé une seconde journée à rouler à fond de train, vers l'autre bout de la Floride.

Au coucher du soleil, je suis arrivé à Long Key. C'est un des «keys» (je crois qu'on appelle ça des cayes, en français) qui forment un chapelet d'îlots à l'extrémité sud de la Floride. Le dernier et le plus célèbre, Key West, est plus près de Cuba que de Miami.

Les gardiens s'apprêtaient à fermer. J'ai payé sans sourciller les trente dollars qu'on m'a réclamés pour la nuit, mais je me suis promis de repartir au petit jour. Trente dollars de camping sur un budget total de trente dollars par jour, c'est une somme considérable.

Il faisait plutôt froid et je me suis couché tôt. Mais j'ai été réveillé peu après par des coups à ma porte. C'était une femme.

— Vous avez le numéro de la combinaison ? m'a-t-elle demandé en anglais.

Il faut savoir qu'en Floride l'entrée des parcs d'État, pour assurer la sécurité des campeurs tout en laissant les gardiens rentrer chez eux le soir, est interdite la nuit par une barrière munie d'un cadenas à combinaison. Le numéro de la combinaison est inscrit sur le billet d'inscription de chaque campeur, ce qui permet de sortir du camping et d'y revenir après l'heure de fermeture.

— Je suis arrivée trop tard, a expliqué la femme.

J'ai conclu qu'elle était arrivée après la fermeture de la barrière et qu'elle paierait le lendemain. En attendant, elle avait besoin de la combinaison pour entrer avec sa voiture. Je suis allé consulter le billet du camping, dans la Mustang.

— 1-2-3-4, j'ai dit en constatant que les gardiens ne s'étaient pas cassé la tête.

— Merci, a dit la femme en français.

J'ai eu envie de lui parler plus longtemps, mais elle était déjà repartie en courant. Quelques minutes plus tard, elle arrivait dans l'emplacement voisin au volant d'une petite voiture et montait sa tente très rapidement et de façon trop experte pour que je puisse l'aborder sous prétexte de lui offrir mon aide.

Ce matin, je me suis éveillé vers sept heures en entendant démarrer la voiture de ma voisine — une Chevette d'un vert limette à vomir, présentant le plus fort pourcentage de surface rouillée par rapport à la surface peinte qu'il m'ait jamais été donné de voir sur une voiture. Pratiquement toutes les parties de la carrosserie étaient en état de décomposition avancée, à commencer par les plus fréquemment atteintes : pare-chocs, tour des passages de roues, bas de portes. La rouille la plus spectaculaire rongeait le tour du capot et du couvercle du coffre. En fait, la petite voiture était plus rouge que verte. Même la plaque d'immatriculation — québécoise — était attaquée par la corrosion.

Je me demande comment les policiers des États que cette Chevette a traversés entre le Québec et la Floride ont pu la laisser circuler sans l'envoyer à la ferraille.

Peu après, je suis parti à mon tour. Je projetais de rouler encore une heure jusqu'au parc de la Bahia Honda, où se trouve la seule plage naturelle de toutes les cayes de Floride.

J'ai fait une vingtaine de mètres avant de me rendre compte que la Mustang ne se conduisait pas comme d'habitude : deux pneus étaient à plat. L'avant gauche et l'arrière droit. Étaient-ce les mêmes que l'autre fois ? Je n'en suis pas tout à fait sûr. J'ai relu mes notes en arrivant ici, et je regrette de ne pas y avoir apporté cette précision. Plus j'y réfléchis, plus j'ai l'impression que, la dernière fois, il s'était plutôt agi de l'arrière gauche et de l'avant droit.

Quelques coups de pompe ont réglé le problème, et je suis parti pour de bon, pas fâché de profiter d'une journée grise et frisquette pour déménager.

Au parc de la Bahia Honda, on affichait complet. On aurait probablement de la place plus tard, mais on demandait vingt-huit dollars la nuit.

J'ai décidé de pousser plus loin. Mon gros annuaire des campings me promettait, à quelques kilomètres de là, un terrain privé avec une petite plage et des tarifs plus raisonnables. Il me serait possible de venir me baigner à la plage quand cela me chanterait.

Finalement, je me suis installé au *Pirate's Cove Campground and Marina*. Une plage minuscule, sur un large chenal entre les cayes Sugarloaf et Cudjoe, est pour moi son principal attrait. Les amateurs de pêche passent leur temps sur le tablier de bois qu'on a aménagé à leur intention de chaque côté du pont tout proche.

J'ai choisi un coin reculé et ombragé. Je me suis baigné au milieu de petits poissons de toutes les couleurs et j'ai décidé de passer le reste de la semaine ici.

Le 6 octobre 1988

Je suis amoureux.

Il est vrai que j'ai parfois tendance à tomber amoureux comme un collégien. Mais, chaque fois, je sais que cela ne durera pas. Cette fois-ci, je suis prêt à jurer que c'est pour toujours.

Et rien ne m'est plus agréable que de raconter à mon ordinateur comment cela m'est arrivé.

Ce matin, j'ai remarqué près du petit port de plaisance la Chevette rouillée de ma voisine de Long Key.

Lorsque j'ai aperçu en plein jour la femme que j'avais à peine entrevue dans l'obscurité, j'ai compris pourquoi elle a pu traverser sans ennuis les États-Unis du nord au sud : elle est vive, souriante, petite, d'un châtain aux reflets roux, probablement authentique. Dès que je l'ai vue s'approcher de moi, je me suis demandé comment je ferais pour éviter la demande en mariage, tentation à laquelle j'ai pourtant résisté sans difficulté pendant les quarante-sept premières années de mon existence.

— Vous n'étiez pas à Long Key avant-hier ? lui ai-je demandé.

— Ah, c'était toi, dans la roulotte ?

— Oui.

Nous nous sommes posé aussitôt la question que se posent invariablement deux Québécois qui se rencontrent à l'étranger :

— D'où êtes-vous ?

— De Montréal. Et toi ?

— Moi aussi.

Cela n'avait rien d'étonnant, puisque la moitié du Québec habite Montréal et ses banlieues.

— Quel quartier ?

— Le Plateau Mont-Royal.

— Moi aussi.

— Moi, j'habite au coin de Rachel et Christophe-Colomb.

— C'est extraordinaire : je suis sur Marie-Anne, entre Christophe-Colomb et de La Roche.

Bref, nous habitons à cent mètres l'un de l'autre, mais nous ne nous étions jamais vus — ou à tout le moins jamais remarqués.

— Je peux vous inviter à partager une omelette ? ai-je offert en feignant la désinvolture même si je souhaitais ardemment qu'elle dise oui.

— D'accord.

Nous sommes montés tous les deux dans la Chevette pour nous rendre à la caravane.

Nous avons mangé dehors. Pendant que je battais les œufs, Alice Brodeur m'a raconté son histoire.

Elle a longtemps travaillé comme vendeuse, dans différents magasins. Il y a deux ans, elle s'est mise au chômage puis à l'aide sociale et a décidé de passer ses hivers dans le sud des États-Unis. Elle a un petit logement qui ne lui coûte presque rien, à côté de chez sa sœur. Quand elle part pour le Sud, sa sœur encaisse ses chèques et imite sa signature sur les cartes d'aide sociale. Si un enquêteur se présente, elle n'a qu'à prétendre qu'Alice est chez sa mère en Abitibi, et qu'elle revient dans quelques jours. Alice a aussi fait un transfert d'appels chez sa sœur et lui téléphone presque tous les matins, à huit heures. S'il n'y a pas de message pour elle, sa sœur ne répond pas et ça ne coûte rien. Mais, s'il le faut, Alice peut rentrer à Montréal en trois jours, en roulant presque sans arrêt.

Je lui envie ce moyen peu coûteux de prendre ses messages, tandis que je dois payer des frais d'inter-urbain même pour apprendre que personne n'a essayé de me joindre.

De plus, elle ne paye presque jamais pour le camping. Dans les parcs d'État, en Floride, elle arrive après l'heure de fermeture et demande à un campeur de lui donner la combinaison, comme l'autre soir. Les seuls à refuser sont les petits vieux riches, dans les plus grosses caravanes. Ici, elle campe gratuitement près d'un pont. Un jour sur deux, pour prendre sa douche, elle vient au camping en disant qu'elle va se baigner. Ça lui coûte trois dollars. Donc, pour la douche et le camping, un dollar et demi par jour, en moyenne.

Bref, Alice Brodeur m'a affirmé qu'elle arrive à bien vivre avec six ou sept dollars par jour — bien moins qu'à Montréal.

Je suis épaté. Elle a peut-être quinze ans de moins que moi, et a réussi à prendre sa retraite (si on peut appeler ça une retraite) sans avoir jamais mis un sou de côté.

— Vous avez de la chance, j'ai dit.

— Puis toi, avec ta belle roulotte et ta voiture toute neuve ?

— J'ai travaillé fort pour avoir tout ça.

— Moi, je trouve que plus on a de trucs, plus on a d'ennuis.

Je n'ai rien dit, mais je suis forcé d'en convenir. Mes démêlés avec le téléphone cellulaire suffisent amplement à étayer cette théorie.

Comme d'habitude, j'ai à moitié raté l'omelette, qui a collé au fond de la poêle. Alice Brodeur a mangé sa part comme si de rien n'était. Elle est repartie en me disant au revoir.

Le 7 octobre 1988

Il a fait très chaud, la nuit dernière. Il n'y avait pas de vent, et les damnés brûlots invisibles que les Floridiens appellent des *no-see-ums* ont envahi la caravane malgré les moustiquaires. J'ai mal dormi et je serais parti d'ici si je n'avais pas eu envie de revoir Alice Brodeur.

Les pneus avant gauche et arrière droit de la voiture sont encore à plat. Cette fois, mes notes m'ont permis de vérifier que ce sont les mêmes qu'à Long Key. Je me demande si les soupapes ne seraient pas mal serrées. Pour les resserrer, il faudrait que je me procure un capuchon muni d'une fente. J'ai regonflé les pneus. J'ai mis de la salive sur les valves pour voir s'il s'échappe de l'air. Je ne vois rien. Les pneus gardent leur pression.

La radio annonce que la saison des tempêtes tropicales bat son plein et que le temps va demeurer imprévisible. Au moins, le vent froid a chassé les *no-see-ums*, que j'espère disparus pour la journée ou, mieux encore, à tout jamais.

J'ai passé la matinée à me promener entre la caravane et la plage, à la recherche d'Alice Brodeur. Je ne l'ai pas vue. J'ai fini par me convaincre que j'étais un bel idiot de passer ma journée ici à l'attendre alors qu'elle était peut-être repartie plus loin.

Finalement, je suis allé visiter Key West, où j'ai mangé un *burrito* et bu trois verres de bière au *Sloppy Joe*, qui prétend avoir été le bar préféré d'Ernest Hemingway.

J'avais l'intention de ne rentrer qu'après le coucher du soleil. C'est un des rares endroits de la côte atlantique où il soit possible de voir le soleil se coucher dans l'océan. Alice m'a raconté que la foule se réunit sur le quai et qu'au moment de la disparition des derniers rayons à l'horizon elle applaudit plus ou moins chaleureusement selon qu'elle juge le spectacle solaire plus ou moins réussi. Mais je suis sorti du *Sloppy Joe* vers deux heures et je voyais mal comment tuer le temps jusqu'au coucher du soleil sans prendre quelques verres de plus alors que j'avais une demi-heure de voiture à faire pour retourner au camping.

Je suis donc rentré assez tôt de Key West.

Sur la route, je me suis remis à penser à Alice.

Il était regrettable que, partis à peu près en même temps et suivant le même itinéraire à peu près à la même vitesse, nous ne nous soyons pas rencontrés auparavant.

Quoique, je m'en souvenais maintenant, j'avais déjà remarqué une vieille Chevette rouillée garée à l'entrée du camping d'Edisto. Peut-être était-ce celle d'Alice, venue là prendre sa douche.

Tout à coup, les pièces du puzzle se sont mises en place : Alice Brodeur est la cause de tous mes malheurs. Ce ne peut être qu'elle. Je l'ai vue à Edisto, puis à Long Key et enfin ici. Les trois fois, on a dégonflé les pneus de la Mustang. À Montréal, elle avait pu partir après avoir crevé ceux de la caravane. Et en Virginie, c'était peut-être elle encore qui avait détaché la caravane pendant que j'étais aux douches.

Pourquoi ? Cette question m'a occupé pendant de longues minutes. Peut-être est-ce simplement du vandalisme gratuit — le plaisir d'une pauvresse qui s'en prend à un voyageur plus fortuné ?

Mais peut-être s'agit-il d'une vengeance — une histoire de femme, par exemple. Elle pourrait être la sœur d'une femme qui ne porte pas le même nom de famille. Comme Judith Archambault, que je n'ai pas véritablement abandonnée, mais qui a pu s'imaginer que je l'ai fait.

Ce ne peut être que ça : Judith Archambault est la sœur d'Alice Brodeur. Les deux prénoms ont une certaine ressemblance. En tout cas, il est facile d'imaginer deux sœurs se prénommant Alice et Judith. Ce n'est pas comme Véronique et Claudette. Leur physique est parfaitement compatible. Judith est, elle aussi, petite, aux yeux bleus, avec des cheveux plus roux encore que ceux d'Alice.

Tout concorde parfaitement. Il suffit qu'une des deux ait déjà été mariée pour avoir changé de nom. Judith a demandé à sa sœur de suivre son amant et de lui causer des embêtements. Pas nécessairement pour se venger, d'ailleurs. Peut-être veut-elle seulement que je rentre à Montréal le plus tôt possible, désenchanté par des mésaventures à répétition.

Enfin, le mystère des pneus est éclairci : une histoire de jalousie. Mais jusqu'où les sœurs Brodeur (ou Archambault) sont-elles prêtes à pousser l'expérience ? Les pneus dégonflés sont-ils un jeu innocent ou le prélude à quelque chose de pire ? Est-ce qu'on s'apprête à saboter mes freins ou ma direction ? Alice doit s'y connaître en mécanique, pour voyager avec un véhicule pareil. Judith est-elle le genre de femme à vouloir me tuer pour me punir de l'avoir fuie ? Cela n'est pas impossible.

Je devenais de plus en plus fébrile en rentrant de Key West. Que pouvais-je faire ? Semer Alice ? Rien de plus facile, à première vue. N'empêche qu'elle m'avait rattrapé à trois reprises au moins.

C'est alors que je me suis donné une grande tape sur le front : «Pas étonnant qu'elle me rattrape tout le temps — elle a mon itinéraire !»

Je venais de songer à l'itinéraire que j'ai laissé à Larry Sirois, auquel Judith Archambault a aisément accès et où, semaine après semaine, il est facile de voir dans quelle région je me trouve. Alice en a une copie. Elle n'a qu'à me chercher dans les campings des environs pour dégonfler mes pneus dès que j'ai le dos tourné.

Impossible de la semer, à moins de modifier mon itinéraire — ce qui m'embêterait énormément. J'ai promis à Larry Sirois d'être à sa disposition, si jamais son satané contrat était signé. Et si je ne suis pas là où j'ai promis au moment où je l'ai promis, cela pourrait me faire perdre quarante mille dollars par an pour deux jours de travail par semaine. D'autant plus que rien n'interdit de penser qu'une personne aussi rusée qu'Alice Brodeur me rattrapera même si je change d'itinéraire.

La seule solution possible : la démasquer et la menacer d'aller voir la police ou, mieux encore, de la dénoncer auprès du ministère des Affaires sociales si jamais je la retrouve sur mon chemin.

Précaution supplémentaire : affirmer que j'ai écrit à un ami pour lui demander, si jamais il m'arrivait quelque chose, de faire faire enquête sur une certaine Alice Brodeur, domiciliée rue Marie-Anne et propriétaire d'une vieille Chevette vert limette.

Si elle avait encore traîné par-là, je serais allé lui parler immédiatement et j'aurais mis fin à ce cauchemar sans plus attendre. Mais j'ai fait le tour du camping et n'ai aperçu ni Alice ni sa voiture.

Le 8 octobre 1988

Je l'ai attendue en vain toute la journée.

Pourtant, ce devrait être son jour de douche si elle prend vraiment sa douche un jour sur deux. M'aurait-elle menti, là encore ?

Tout à l'heure, en fin d'après-midi, je suis allé la retrouver près du pont dont elle m'a parlé. J'ai pris en voiture la petite route de gravier qui s'engage d'abord entre les cocotiers puis se poursuit dans une grande savane. Et je suis arrivé à un pont détruit par le feu. Il n'y avait pas là la moindre tente, ni sur une rive ni sur l'autre. Pas même d'endroit où planter une tente, à moins de la monter au beau milieu du chemin. M'avait-elle menti en me disant qu'elle campait près du pont ? «Par là», avait-elle précisé en faisant un geste dans cette direction.

J'ai sorti ma carte des Keys, je l'ai déployée sur le capot. Y aurait-il un autre pont ? J'ai repéré de l'autre côté de la rivière un endroit où la route traverse un canal. Il fallait donc qu'il y ait un pont par là.

Je suis reparti en voiture, j'ai pris la route de Key West, sur laquelle j'ai roulé quelques kilomètres avant de prendre le premier chemin à gauche, puis encore un autre chemin à gauche au bout de celui-là. La route s'élève alors sur un petit pont qui franchit un canal. J'ai stoppé, je suis descendu de la voiture et mon cœur s'est mis à battre à tout rompre lorsque j'ai aperçu une Chevette vert limette et une petite tente rouge plantée à côté du canal mais invisible de la route.

La Chevette était garée dans le petit chemin qui descend vers ce canal, probablement de façon à empêcher d'autres campeurs d'aller s'installer là.

J'ai laissé ma voiture sur la route et me suis approché de la tente.

— Alice ?

Pas de réponse.

— Alice, c'est moi. Je sais que tu es là. Il faut que je te parle, c'est très important.

Toujours pas un mot.

— Alice, je sais que c'est toi qui dégonfles mes pneus. Et il faut que ça cesse, sinon…

Toujours rien. J'ai soulevé un pan de la tente. Il n'y avait personne. Uniquement un sac de couchage déroulé et quelques vêtements dans un coin.

Elle n'était pas là. Sa voiture y était. Elle-même ne pouvait pas être loin. J'ai attendu une demi-heure, en imaginant des pièges pour la démasquer. Je lui demanderais si elle connaissait le *Maddox Family Campground* à Chincoteague. Si sa sœur s'appelait Judith. J'étais sûr des réponses. Si elle reconnaissait sa culpabilité et jurait de me ficher la paix à l'avenir, j'étais disposé à laisser tomber ma menace de communiquer avec les Affaires sociales.

Mais le soleil commençait à descendre à l'horizon et Alice n'arrivait toujours pas. Où était-elle passée ? Depuis le temps que j'attendais, pas une voiture n'était venue dans ce coin perdu.

Un autre plan s'est mis à germer dans mon cerveau. La Chevette était dans une pente et n'était pas fermée à clé, puisqu'une glace (peut-être impossible à relever) était baissée. Il suffisait de desserrer le frein à main, et la Chevette descendrait tout droit et toute seule dans le canal. Je serais débarrassé à jamais d'Alice Brodeur.

J'ai hésité quelques minutes avant de m'y résoudre. Je n'ai jamais commis le moindre acte criminel, et j'étais parfaitement conscient que c'en était un.

Ma tranquillité d'esprit était toutefois en jeu. Peut-être même ma vie. Deux fois encore, j'ai regardé à l'intérieur de la Chevette. Elle avait une boîte de vitesses manuelle. Je n'avais qu'à mettre le levier au point mort, baisser le frein, et elle reculerait.

La troisième fois, je l'ai fait. Je suis monté dans la Chevette sans refermer la porte derrière moi, j'ai mis au point mort, j'ai baissé le levier du frein et je suis retourné aussitôt dans la Mustang. Pendant quelques instants, j'ai eu l'impression que la Chevette ne bougerait pas, tant que je ne lui donnerais pas une poussée. Comme j'allais m'y décider, elle s'est mise à reculer, tout doucement.

Je voulais quitter les lieux sans tarder. Mais je n'ai pas pu m'empêcher de regarder la Chevette prendre de la vitesse peu à peu. Elle a fait un arc de cercle, et j'ai cru un instant qu'elle braquait trop pour se rendre jusqu'au canal. Je l'ai perdue de vue. Un grand «plouf» m'a rassuré.

Je me suis arrêté sur le pont. La Chevette, couchée sur le côté, s'enfonçait lentement dans l'eau du canal. Je n'ai pas attendu qu'elle ait fini de couler. Le cœur battant, je suis rentré au camping.

Il était grand temps de faire à souper. J'ai ouvert le coffre de la voiture, j'ai sorti des pâtes et un pot de sauce tomate.

— Tu veux du poisson? a fait une voix derrière moi.

C'était Alice, souriante, qui me tendait un sac de plastique, plein de petits filets de poisson tout blancs.

— Bud m'a emmenée à la pêche, a-t-elle expliqué en désignant le grand garçon blond qui se tenait à côté d'elle.

Il souriait lui aussi, même s'il était évident qu'il ne comprenait rien à ce qu'elle disait.

— Il les a arrangés. Mais y en a beaucoup trop pour moi.

Elle a plongé la main dans le sac, a ressorti une pleine poignée de petits filets de poisson qu'elle a mis dans une assiette vide sur ma table de pique-nique.

— On aurait voulu t'emmener, mais tu n'étais pas là.

J'ai bredouillé que j'avais passé la journée à Key West et que je venais tout juste d'arriver.

— Aimerais-tu mieux venir manger avec moi, près du pont ? a-t-elle encore offert. Bud vient juste me reconduire, et après il s'en va rejoindre ses parents à Key Largo.

— Je suis un peu fatigué. Je préfère manger seul.

— Comme tu voudras.

Elle est repartie gaiement avec son bel Américain bronzé.

J'ai fait cuire les filets de poisson dans de l'œuf et du lait. Ce n'était pas mauvais, mais je n'en ai pas mangé la moitié.

Le 10 octobre 1988

Une main a frappé à ma porte tandis que je déjeunais à l'intérieur pour me protéger des moustiques, trop rapidement revenus.

— Tu es là ?

C'était Alice. J'ai eu envie de faire semblant de ne pas être là. Mais elle pouvait m'avoir vu par la fenêtre.

J'ai tenté de me composer le plus innocent des visages en ouvrant la porte.

— Tu ne sais pas ce qui m'arrive ? a-t-elle commencé, tout excitée. Je peux entrer ?

— Oui. Tu veux du café ?

Je lui ai servi le fond du thermos.

— Tu ne devineras jamais ce qui m'est arrivé, a-t-elle renchéri.

Elle avait l'air si heureuse que je ne devinais pas du tout.

— Quand Bud est venu me reconduire à ma tente près du pont, là-bas, la Chevette avait disparu. J'ai pensé qu'on me l'avait volée. Bud m'a invitée à souper au restaurant puis à passer la nuit dans son motel. Je n'avais pas tellement le choix, je ne pouvais même pas faire cuire le poisson. Il était bon ?

— Le poisson ? Oui, délicieux.

— J'ai ramassé mes affaires, on les a mises dans la BMW, puis on est partis. Mais juste en haut du pont, Bud a regardé dans le canal. Et tu sais ce qu'il a vu ?

— Oui. Je veux dire non.

— Ma Chevette. Dans le canal. Imagine-toi donc que j'avais mal serré le frein à main. Puis, comme j'avais stationné l'auto en haut d'une pente à l'entrée du chemin pour garder ma place, la Chevette a reculé et s'est retrouvée au fond du canal. Ça fait qu'on est redescendus sur le bord du canal. Bud m'a aidée à emporter ma tente et mes affaires. Ensuite, on est allés manger au restaurant. Bud a téléphoné à ses parents, leur a expliqué ce qui m'était arrivé. Tu ne sais pas ce qu'ils ont fait ?

— Non.

— Ils m'ont invitée à partir avec eux sur leur yacht. Un yacht de soixante pieds, paraît. On va faire le tour des Bahamas. On revient dans un mois. C'est extraordinaire, non ?

— Je suis content pour toi.

— J'ai téléphoné à mon agent d'assurances. D'après lui, ma voiture va être déclarée perte totale.

Ça devrait me donner au moins deux mille dollars, parce que c'est quand même une soixante-dix-neuf. Dans un mois, je vais revenir des Bahamas, ça ne m'aura rien coûté parce que Bud m'a dit qu'il payait tout. Ça fait que dans un mois je vais avoir deux chèques de sécurité sociale, plus l'assurance. Je vais m'acheter un vieux tacot aux États-Unis, puis je vais repartir. Qu'est-ce que tu dis de ça ?

— C'est merveilleux.

— Avoir su, j'aurais fait exprès pour envoyer ma Chevette dans le canal.

Nous avons ri. Elle franchement, moi jaune.

— Faut que je me dépêche. Bud m'attend. Mais je voulais te dire que j'espère qu'on se reverra.

— Moi aussi, j'ai dit, sans trop savoir si je mentais ou si je disais la vérité.

Elle est partie sans avoir fini son café.

Pendant quelques instants, j'ai été sincèrement heureux pour elle. Je croyais même avoir été l'instrument du destin en desserrant le frein à main de la Chevette. Sans mon intervention, Alice continuerait à loger dans une tente exiguë et à rouler dans une voiture en ruine. Maintenant, grâce à moi, elle fera peut-être un beau mariage.

Cette intense satisfaction a bientôt été remplacée par un sentiment de honte aussi intense. Tout à coup il me semblait que cette histoire de vengeance de Judith par Alice n'était que le fruit d'une imagination trop fertile — la mienne. Et quel qu'ait été l'effet de mon intervention, je n'en ai pas moins jeté dans un canal la voiture et les effets personnels d'une pauvre et brave fille, à laquelle j'étais, hier encore, tout à fait disposé à offrir de partager ma vie. Jamais je n'avais rien fait d'aussi malveillant. Et je me suis mis à voir dans le bonheur soudain de la jeune femme une vengeance du destin à mon endroit.

Comble de malheur : à moins d'expurger de mon journal toute cette histoire — par ailleurs la seule intéressante qui me soit arrivée depuis mon départ —, me voilà forcé d'abandonner toute ambition de le faire publier un jour.

Donc, c'est décidé : demain, je reprends mon récit du type tout nu sur sa plage de Floride. Mon seul problème : les plages d'ici ne correspondent pas du tout à ce que j'ai en tête pour situer mon roman. J'en trouverai peut-être une sur le golfe du Mexique.

Venice
(FLORIDE)

Le 14 octobre 1988

Après toutes les émotions de la semaine dernière, retour au calme plat.

La côte du golfe du Mexique ne m'inspire pas plus que celle de l'Atlantique pour les mésaventures de mon voyageur. Enfin arrivé au bas de la page 1, il est au volant de son camping-car. Il s'est arrêté devant une plage superbe et déserte (dont je ne trouve pas l'équivalent sur cette côte, où chaque mètre de plage est occupé par des appartements sans personnalité, des villas cossues, des hôtels de toutes les catégories ou, au mieux, par un parc public envahi par la foule). Mais il est incapable de franchir les quelques mots qui le séparent de la page 2.

Pour ma part, je me suis installé dans le parc d'État Oscar Scherer, dont je n'ai rien à dire, sauf qu'il est bien loin de la plage où je dois me rendre en voiture. J'ai profité de la proximité d'une ville d'une certaine importance pour faire faire la mise au point de la Mustang, dont le compteur indiquait deux mille kilomètres de plus que les dix mille prescrits. J'ai aussi fait remplacer le pneu de la roue de secours de la caravane, que j'avais complètement oublié depuis que ceux de la Mustang sollicitent toute mon attention.

Ici, le téléphone cellulaire fonctionne. Plus précisément, il fonctionnerait si on me téléphonait. Et je crois que je serais enchanté de recevoir un appel de Larry Sirois. J'ai tout à coup envie de travailler — histoire de briser l'ennui et d'oublier Alice Brodeur.

L'île Saint George
(FLORIDE)

Le 19 octobre 1988

Le parc d'État de l'île Saint George me convient parfaitement. À l'extrémité d'une île protégée des foules
par un pont à péage, il est presque désert en cette
saison. Je peux courir sur la plage au moins une
heure chaque matin sans rencontrer personne.

Seul un héron me voit venir, s'envole à mon approche et va se poser un peu plus loin, pour repartir
dès que j'arrive encore trop près à son goût. Après
avoir répété ce manège quatre ou cinq fois, il fuit
vers la mer, me contourne à bonne distance et revient se poser à son premier point de départ. À mon
retour, une demi-heure plus tard, il recommence.
Voilà deux jours que cela se passe ainsi, et il n'a pas
encore appris à me fuir pour de bon la première fois
qu'il m'aperçoit. S'il n'avait pas sa tête ébouriffée et
prétentieuse de héron, on pourrait croire qu'il veut
jouer.

Tandis que j'écris ces quelques lignes en attendant que l'eau de mes spaghettis arrive à ébullition, des fourmis se sont introduites dans la boîte de fromage râpé. Je verse le fromage dans un bol, j'élimine toutes les fourmis. Je m'aperçois qu'il y en a encore. Je les enlève aussi. Il en reste toujours. Je chasse les dernières. Mais une autre « dernière » fourmi se pointe et c'est à recommencer.

Finalement, j'abandonne : si les fourmis se repaissent de mon fromage, je les mangerai à mon tour dans mes pâtes.

Le 20 octobre 1988

Je n'avais pas tant parlé depuis le début de mon voyage.

Hier soir, je suis allé à la taverne *Harry A.* La Lowenbrau en fût se vendait soixante-quinze cents la chope, et j'en ai vidé quelques-unes, ce qui a eu pour effet de me délier la langue et de me donner envie d'écouter les autres.

Assis au bar, j'ai d'abord parlé de politique avec Bob, un entrepreneur en construction, qui se désole de la nullité des candidats à la présidence cette année ainsi que dans toutes les élections depuis celle de John Kennedy (inclusivement, si j'ai bien compris). Et je m'étonne avec lui que, dans un pays de deux cent cinquante millions d'habitants, il n'y ait pas un seul homme politique d'envergure.

Un juge a pris le tabouret libéré par Bob qui rentrait chez lui. C'était la première fois que je rencontrais un juge dans une taverne. Il était fort sympathique et se vantait d'être un des deux seuls juges buveurs de la région. Il m'a expliqué qu'il était juge de circuit, un circuit comprenant six comtés. Les juges de comté ne s'occupent que des délits mineurs et des infractions au code de la route. Les juges de circuit s'occupent de toutes les poursuites criminelles ainsi que des poursuites civiles de plus de cinquante mille dollars. Les juges — qu'ils soient de comté ou de circuit — sont élus. Sa présence dans ce bar faisait-elle partie de sa campagne électorale ? Probablement pas, puisqu'il daignait parler aussi aux étrangers.

Il m'a ainsi appris que, dans le comté de Franklin où nous sommes, la proportion d'illettrés est de soixante-huit pour cent. Dans le comté voisin, celui de Gaston, à majorité noire, elle dépasse les quatre-vingts pour cent. Et ce, dans le pays le plus prospère et le plus puissant de l'histoire de l'humanité.

Une jeune femme est arrivée et le juge nous a présentés. J'ai oublié son nom. Jolie, si ce n'était de ses yeux exorbités. Elle vient de rompre avec son *boyfriend* et se demande si elle va continuer à vivre ici ou retourner à l'université (les études coûtent cher, mais le nouveau mari de sa mère offre de les payer).

Une de ses amies est venue se joindre à nous. Une grande fille blonde, splendide, dont je suis prêt à parier que son petit ami n'a pas été assez fou pour la laisser tomber.

Toutes deux m'invitent à la « sixième partie de plage annuelle de l'île Saint George », samedi de la semaine prochaine. Elles me feront faire la connaissance de Judy, une de leurs amies qui doit arriver bientôt de Chicago. Mais elles disent cela en se regardant avec un air entendu, et je soupçonne Judy de peser deux cents kilos, d'être cul-de-jatte ou de souffrir de strabisme convergent.

Je suis parti vers onze heures. D'après l'argent qu'il reste dans mes poches, j'estime avoir vidé une bonne douzaine de chopes.

Le 24 octobre 1988

Depuis hier soir, les mouches sont insupportables. Ce matin, elles se sont agglutinées par douzaines sur ma serviette, d'un bleu qui semble être leur couleur préférée, alors que mes vêtements suspendus à la corde à linge n'en attirent pas une.

Il y avait un crapaud dans mon thermos, qui flotte maintenant à la surface de ma tasse de café. La bestiole a sauté là pour des raisons que je ne peux deviner. Peut-être était-elle à la poursuite d'une mouche ? Quand j'y ai versé le café bouillant, elle a eu la surprise de sa vie — la dernière.

Je me passe de ma dose quotidienne de caféine. Je remballe ma corde à linge et mon ordinateur. Je pars. Au diable la sixième partie de plage annuelle de l'île Saint George !

Pensacola
(FLORIDE)

Le 25 octobre 1988

Dans les livres d'identification des oiseaux, il devrait y avoir un chapitre sur les avions. Les uns comme les autres, on les surveille en regardant en l'air, les jumelles au cou.

En me promenant avec mes jumelles et mon guide des oiseaux d'Amérique du Nord, dans le petit sentier qui traverse le «rivage national des îles du Golfe», j'ai aperçu à peu de distance et à basse altitude six avions qui volaient en formation. Noirs comme la mort, effilés comme des fléchettes, ils menaient un train d'enfer et passaient si bas et si près que je distinguais la silhouette des pilotes dans leur cockpit. Impossible de savoir de quel type d'appareil il s'agit, car mon guide n'identifie pas les oiseaux mécaniques. Et ne dit pas non plus quel genre de guerre ils préparent.

Quelques minutes plus tard, j'ai eu bien plus peur. D'un marécage que longe ce sentier, trois canards se sont envolés brusquement, juste derrière moi. Ce bruit m'a effrayé cent fois plus que le passage des six avions.

J'ai réussi à me convaincre de relire mes mésaventures avec Alice Brodeur. Cela m'a fait du bien. Après tout, je n'ai tué personne. J'ai simplement débarrassé le réseau routier nord-américain d'un véhicule dangereux. Et je suis sûr qu'Alice ne s'en trouvera pas plus mal. Peut-être même ai-je été, bien involontairement mais cela ne change rien à l'affaire, l'artisan de la plus heureuse des destinées en la forçant à partir en croisière avec son Bud.

Le 23 octobre 1988

C'est aujourd'hui dimanche, et j'ai communiqué avec le centre de messages. J'avais un nouveau message.

— Allô, Bernard ? Je ne sais pas si je devrais te dire ça, mais je pense être enceinte. Pourrais-tu essayer de me téléphoner mercredi, vers six heures ?

Un instant, j'ai cru qu'il s'agissait du message que j'avais écouté le mois dernier et qui, par quelque effet magique de la téléphonie cellulaire, se serait trouvé une nouvelle vie. Mais non : un mois plus tôt, Judith semblait sûre d'être enceinte, et maintenant elle ne faisait que «penser» l'être.

«Pour réécouter ce message…», a repris la voix numérisée.

Sans attendre la suite, j'ai appuyé sur le 7.

Il faudra que j'apprenne à conserver mes messages. Si j'avais gardé les deux, je pourrais maintenant les comparer. Peut-être Judith avait-elle été moins catégorique que je ne l'avais cru, la première fois ? Je parie qu'elle était bourrée, et qu'elle a oublié qu'elle m'avait téléphoné. En tout cas, elle m'a donné un nouveau rendez-vous.

J'ai pris une décision : je ne déménagerai pas demain, même si mon itinéraire prévoit que je dois me trouver dans la région de Pensacola à partir du 24. Je n'ai qu'à téléphoner à Larry Sirois pour lui dire que je reste ici une semaine de plus.

Et puis, la plage est idéale pour le jogging : presque parfaitement horizontale, avec un sable ni trop ferme ni trop mou. J'ai couru quatre-vingt-six kilomètres en six jours.

Le 26 octobre 1988

À l'heure dite, j'ai fait le numéro de Judith Archambault.

«Vous êtes bien chez Judith Archambault...»

— Judith ? Judith ?

J'ai attendu un instant. Son répondeur lui permet de filtrer les appels. Et je me suis d'abord dit qu'elle avait simplement oublié de l'enlever en rentrant et qu'elle répondrait à ma voix. Mais non.

— Judith, il est mercredi, six heures, comme tu m'as demandé. Je vais ressayer dans une demi-heure.

J'ai rappelé vingt minutes plus tard. Puis à dix heures, et à minuit. Toujours ce satané répondeur. Pourquoi m'a-t-elle donné ce rendez-vous si elle n'y est pas ? Je parierais ma chemise qu'elle est allée prendre un verre de trop.

C'est en essayant de m'endormir hier soir que j'ai fini par tout comprendre.

Ce n'est pas la voix de Judith que j'ai entendue la dernière fois, mais celle de Laurette Larose! Impossible de le vérifier, puisque j'ai effacé le message. Mais j'en suis sûr, maintenant : c'était Laurette. Et je ne l'ai pas rappelée à l'heure où elle me l'a demandé. Que doit-elle penser de moi ?

Surtout, comment ai-je pu faire deux enfants en même temps ? Je sais depuis longtemps que je ne suis pas stérile. J'ai fait un enfant à une fille de mon âge quand j'avais vingt-deux ans. Elle s'était fait avorter, sur ma suggestion et à mes frais. Avortement clandestin, puisqu'il n'y en avait pas de légitimes à cette époque. Il s'était passé sans incident, mais elle l'avait mal pris quand même et n'avait plus voulu me revoir. Huit ans plus tard, j'ai fait encore un enfant à une dénommée Julie, qui l'a gardé. Pendant quelques années, je lui ai envoyé un peu d'argent — vingt-cinq dollars par semaine. Un jour, j'ai reçu d'elle un faire-part de mariage. Incapable de savoir si elle m'annonçait la fin de son célibat ou si elle désirait ma présence à ses noces, je me suis contenté de rester chez moi et de cesser de lui envoyer la pension. Elle ne s'est plus jamais manifestée.

Malgré ces deux mésaventures, que j'avais pratiquement oubliées, je laisse toujours mes partenaires s'occuper des précautions à cet égard. Ce n'est que lorsque je couche avec une femme jeune ou particulièrement naïve que je m'en soucie. Mais cela ne m'arrive pas souvent. Pour ne pas dire jamais.

Avec Judith et Laurette, j'avais affaire à des femmes mûres, qui auraient dû prendre leurs précautions. Qu'avait-il pu se passer ? Une pilule oubliée ? Un cycle mal calculé ? À moins qu'elles n'aient vraiment voulu un enfant de moi ?

De Judith, cela m'étonnerait. Elle est femme de carrière, même si sa carrière est tout à fait mineure, et un enfant ne serait sûrement pas bienvenu. De Laurette, mariée sans enfant, c'est une autre histoire.

Avec un nom pareil, Laurette Larose ne pouvait être que fleuriste. Comme de fait, elle possédait avec son mari une petite boutique de fleurs, rue Saint-Denis : *Au Nom de Larose*.

Un jour, Judith était tombée malade. Un truc aux ovaires — je ne connais rien à ces choses. Elle m'avait annoncé qu'on l'opérait deux jours plus tard et m'avait interdit de lui rendre visite à l'hôpital. Larry Sirois avait promis de passer la voir, et elle craignait qu'il ne soupçonne quelque chose si le hasard faisait qu'on se rencontre là.

J'ai décidé d'envoyer des fleurs, en signant discrètement « B. »

Je suis passé au *Nom de Larose* commander un bouquet de fleurs champêtres. J'ai demandé à la fleuriste d'écrire la carte de sa main, car il ne fallait pas que mon écriture soit reconnue. Elle a semblé trouver cela excitant, a pris un petit carton et attendu ma dictée.

— Écrivez : « J'aimerais être avec toi plutôt que ces fleurs. J'aimerais t'avoir au plus tôt tout près de mon cœur. » Signez : « B. »

Elle m'a fait répéter le message lentement, tandis qu'elle le transcrivait patiemment, en tirant la langue, si lentement que j'ai eu le temps de prendre conscience de son insondable banalité. Elle m'a tendu le carton.

C'était tout à fait insignifiant. Et dépourvu de toute trace de sincérité. Je me suis contenté de faire corriger l'orthographe.

— Plutôt : vous avez écrit le premier «plutôt» «plus tôt». C'est plutôt en un mot : p-l-u-t-ô-t.

Elle a paru un peu vexée en déchirant la carte. Mais elle a repris son sourire professionnel et m'a demandé de lui dicter le texte une nouvelle fois. Cette fois, ce fut impeccable.

Je lui ai donné le nom de l'hôpital et celui de la destinataire. Elle m'a aussi demandé mon nom, mon adresse et mon numéro de téléphone, qu'elle a consignés sur la facture, en promettant de ne pas joindre celle-ci au bouquet.

Jamais Judith n'a mentionné ces fleurs. J'en ai déduit qu'elle en avait été satisfaite ou que, si elles lui avaient déplu, cela n'avait été que modérément. À moins qu'il n'y ait eu un autre «B» dans sa vie?

J'avais complètement oublié la fleuriste, lorsque celle-ci m'a téléphoné quelques semaines plus tard.

— Laurette Larose, d'*Au Nom de Larose*, les fleuristes de la rue Saint-Denis. Vous vous souvenez? J'avais écrit «plutôt» en deux mots.

— Oui, je me souviens.

— Le bouquet était bien?

— Je suppose. Je ne l'ai jamais vu.

— Ah bon!

J'ai senti que ma réponse était une clé pour la suite de la conversation. Si j'avais répondu autrement, la fleuriste aurait été prête à changer de sujet.

— Écoutez, mon mari vient d'entrer à l'hôpital, et je cherche un petit poème à lui mettre avec son bouquet. Mais je n'y arrive pas. Je n'ai jamais été bonne en composition française. Est-ce que vous pourriez m'aider ?

— Je ne demande pas mieux, mais...

Elle a insisté pour m'inviter à dîner au restaurant. J'ai deviné qu'elle voulait peut-être plus — ou à tout le moins autre chose — que deux lignes de poésie rédigées par un romancier dont elle n'avait jamais entendu parler.

Effectivement, elle n'a été satisfaite que lorsqu'elle m'a eu dans son lit. Et je m'y suis retrouvé chaque nuit que son mari est resté à l'hôpital. (Soit dit en passant, le texte du «poème» que j'ai composé à l'intention du malade était simplement : «Personne ne t'aime autant que je t'aime quand je t'attends.» C'était bien, d'après Laurette, parce que son mari pouvait croire qu'elle en était l'auteur. Et c'était aussi peu sincère que mon mot à Judith.)

Les Larose habitaient Longueuil, où Laurette m'emmenait dans sa voiture — une Renault rose marquée «Au Nom de Larose». Elle insistait pour que je m'écrase sur le plancher derrière les sièges lorsque nous arrivions dans sa rue et que j'y reste jusqu'à ce qu'elle ait refermé la porte du garage derrière nous.

Tant que dura l'hospitalisation de son mari, elle a insisté pour passer me cueillir tous les soirs vers neuf heures trente, à la fin des heures de visite, m'emmener dans le lit conjugal et me ramener chez moi vers minuit ou une heure.

Cela a duré deux semaines, pendant lesquelles Judith n'est jamais venue sonner à ma porte à moins qu'elle me l'ait caché. Le mari de Laurette est enfin sorti de l'hôpital. Judith est redevenue pour un temps la seule et unique femme de ma vie, même si elle ne l'était que par intermittence.

Laurette ne m'a rappelé que lorsque son mari, parfaitement rétabli, est parti pour un voyage de pêche, quelques mois plus tard.

Je l'ai revue encore quelques fois, lorsque Julien Larose s'absentait. Je recevais plus souvent la visite de Judith, lorsqu'elle avait trop bu ou sentait le besoin d'une épaule sur laquelle s'appuyer (les deux coïncidaient plus souvent qu'autrement).

À Judith, je n'avais rien dit de Laurette. À celle-ci, j'avais laissé entendre que la destinataire du bouquet n'était qu'une cliente.

Il y avait un point commun entre les deux femmes : ni l'une ni l'autre ne m'autorisait à lui téléphoner ou à passer la voir à l'improviste.

Judith était rarement chez elle et était une maniaque du répondeur téléphonique. Même lorsqu'elle y était, elle décrochait rarement le téléphone avant d'avoir reconnu la voix qui l'appelait. Souvent, à tort ou à raison, je l'ai soupçonnée de ne pas répondre parce que c'était la mienne.

Quant à Laurette, même lorsque son mari était à l'hôpital ou à la pêche, elle me suppliait de ne lui téléphoner ni à la maison ni à la boutique. «On ne sait jamais, avec les hommes», disait-elle.

Ainsi, je répondais aux besoins des deux femmes lorsqu'elles se sentaient seules. Lorsque moi j'avais besoin de compagnie, je ne pouvais m'adresser ni à l'une ni à l'autre. (Il n'est pas sûr que je l'aurais fait si j'avais pu ; mais j'aurais apprécié en avoir la possibilité.)

J'ai même été surpris qu'à l'annonce de mon départ toutes les deux m'aient fait à peu près la même crise de larmes.

Cela ne m'a pas empêché de partir. Au contraire, cela m'a convaincu de fuir sans tarder.

J'ai expliqué à Judith et à Laurette comment me laisser un message. Si l'une d'elles veut me parler, elle n'a qu'à me dire de la rappeler à tel numéro, telle heure, tel jour. Je rappellerai sans faute au moment demandé. À condition, bien entendu, que je ne confonde pas leurs voix.

Quand, tout à l'heure, j'ai enfin téléphoné au *Nom de Larose*, à six heures, avec un jour de retard, Laurette a répondu. Je n'ai eu que le temps de dire :

— C'est moi...

— Vous avez le mauvais numéro.

Elle a raccroché.

Je n'avais pas de chance : son mari était là, à côté d'elle.

J'ai décidé de ne plus me casser la tête, ni avec Laurette ni avec Judith : j'attendrai qu'elles me laissent un nouveau message. Si elles ne daignent pas m'en laisser, tant pis.

Le 28 octobre 1988

On a encore dégonflé deux pneus de la Mustang. Ceux du côté gauche, cette fois. La possibilité d'un défaut de fabrication, qui avait commencé à m'effleurer, est définitivement hors de cause.

Je les ai regonflés péniblement, les mains engourdies dans le petit matin exceptionnellement froid.

Ce soir, je passerai la nuit dans les broussailles et je débusquerai le coupable.

Le 29 octobre 1988

Je suis parvenu à rester bien éveillé, mais le tortionnaire de mes pneus ne s'est pas manifesté.

Lorsque le soleil s'est enfin levé, je m'apprêtais à aller me coucher, mais j'ai entendu des cris lointains. J'ai franchi les dunes par le sentier qui mène à la plage du côté de Pensacola. Je ne voyais personne. J'ai fini par comprendre que les cris venaient de la base navale, de l'autre côté de la baie.

Je suis allé chercher mes jumelles et j'ai observé quelques centaines de militaires qui faisaient leurs exercices collectifs. Ils accompagnaient leurs mouvements de séries de brefs cris scandés, qui se terminaient par une grande clameur triomphante, comme si leur dernier ciseau avait mis l'Armée rouge en déroute.

Je me suis mis au lit vers huit heures. Mais un voisin engueulait sa femme et m'a empêché de dormir. Je n'ai entendu que des bribes de sa querelle, mais il me semble qu'il insistait sur son droit de prendre quatre «drinks» quand ça lui plaît.

Incapable de fermer l'œil, j'ai sorti l'ordinateur sur la table, dehors. Et j'ai pu travailler à peu près tranquille jusqu'au moment où le voisin gueulard est venu voir ce que je faisais.

C'est un beau spécimen de mâle américain, avec un ventre énorme, porté haut comme celui d'une femme enceinte de sept ou huit mois.

De nos dix minutes de conversation, je retiens surtout qu'il votera pour l'amendement exigeant que l'anglais devienne la langue officielle de la Floride, parce que ça va coûter une fortune d'avoir des écoles espagnoles. Lorsque je lui ai dit que je comprenais mal comment des écoles espagnoles pourraient coûter plus cher que des écoles anglaises, il m'a tourné le dos et est rentré dans son immense caravane où il a aussitôt rappelé à sa femme qu'il avait parfaitement le droit de prendre un sixième verre si ça lui chantait.

Il m'a semblé entendre des coups, mais je n'en suis pas sûr. Les pleurs de femme n'ont pas été le fruit de mon imagination.

J'oubliais d'écrire que j'ai reçu un appel de Larry Sirois sur mon téléphone cellulaire, avant-hier. Il voulait simplement savoir si tout allait bien et si je suivais toujours mon itinéraire fidèlement, au cas où son contrat finirait par aboutir. J'ai répondu oui aux deux questions, alors que je commençais à songer à changer mes plans. Les plages des environs sont parmi les plus belles que j'ai vues jusqu'à maintenant — avec une eau turquoise et un sable tout blanc, de silice qui crisse sous les pieds. Je resterais volontiers ici deux semaines au lieu d'une. J'aurais dû dire à Larry que je prolongerais mon séjour à cet endroit. Mais rien ne m'empêche de le rappeler si je décide de rester plus longtemps.

Quant à Alice Brodeur, il ne m'est plus possible de la soupçonner. En relisant mes notes, je dois reconnaître que j'ai bien vite sauté aux conclusions. Rien ne prouve qu'elle connaissait Judith Archambault. Ce serait même une coïncidence extraordinaire. Et il est tout à fait normal que nous nous soyons trouvés aux mêmes endroits aux mêmes moments : des milliers de Québécoises prennent la direction du sud à l'approche de l'automne et voyagent sans se presser; il était presque inévitable que j'en retrouve une de loin en loin.

Ocean Springs
(MISSISSIPPI)

Le 31 octobre 1988

Je venais tout juste de quitter le parc national et ses énormes camping-cars au pare-chocs avant souvent orné d'une plaque prétendument humoristique, du genre : «À la retraite. Pas de travail. Pas de patron. Pas d'emmerdements. Pas de salaire.» Ou : «Je gaspille l'héritage de mes enfants.»

Sur la route qui longe la plage en direction du pont reliant l'île au continent, j'ai aperçu la silhouette d'un auto-stoppeur. Je n'en avais encore jamais pris avec moi. Je ne me souvenais même pas d'en avoir vu, comme si on n'avait en Amérique qu'une alternative : acheter une voiture ou rester chez soi.

C'était un homme de taille moyenne, à la barbe grisonnante, avec un sac à dos déposé à ses pieds. Il semblait relativement propre et parfaitement inoffensif.

Je me suis arrêté et lui ai fait signe de monter sur la banquette arrière, car le siège avant était encombré par mon atlas et le journal du matin, que je n'avais pas encore lu. Je lui ai demandé où il allait.

— De préférence vers l'ouest, m'a-t-il répondu en anglais. Mais ça n'a pas tellement d'importance.

L'homme parlait un anglais hésitant, avec un accent évident. Il prononçait les «th» comme des «z», à la manière des Français.

— D'où êtes-vous?

— Je suis né en France, mais je vis au Canada depuis longtemps.

Je l'ai regardé plus attentivement, dans le rétroviseur. J'avais déjà vu ce type-là quelque part.

— On se connaît? j'ai encore demandé, en français cette fois.

Je me suis efforcé de tourner un peu la tête tout en gardant le coin des yeux sur la route. Mon passager a avancé la sienne par-dessus le dossier pour mieux me voir.

— Mauro!

Il y avait une bonne dizaine d'années que j'avais perdu de vue Sébastien Mauro. Nous nous étions connus lorsque j'étais chef de la rédaction chez MTL — Meloche, Taillon, Lalonde —, à l'époque où c'était une petite agence de publicité. Je l'avais embauché comme rédacteur. Mais je n'avais été son patron que pendant quelques mois. Il était manifestement incapable d'écrire de la publicité au Québec, car il ignorait tout de nos caprices linguistiques. Par exemple, il m'avait un jour apporté un texte destiné à vanter les tarifs familiaux d'une ligne aérienne, coiffé du titre : «Partez en famille». Pierre Meloche et moi, nous en avions ri longtemps avant de lui expliquer que notre client n'avait aucune intention de faire la promotion de la natalité.

Tandis que nous roulions vers Pensacola, Sébastien Mauro m'a raconté qu'après avoir quitté MTL, il a travailloté à la pige pendant quelques années, sans trop se forcer. Cet été, il a décidé (comme moi) de prendre sa retraite. Décision d'autant plus facile qu'il ne gagnait presque rien.

Bien entendu, je ne lui ai pas dit que Larry Sirois m'a téléphoné, il y a deux ans, pour me demander si je connaissais un Sébastien Mauro, qu'il songeait à embaucher comme rédacteur adjoint. Je lui avais expliqué qu'à mon avis Mauro était trop français pour écrire des dialogues acceptables chez nous. Larry ne l'avait pas engagé et n'avait trouvé personne d'autre, ce qui faisait bien mon affaire, car je le soupçonnais de vouloir éventuellement me remplacer à moindre coût par son «rédacteur adjoint».

Sébastien Mauro prétend vivre avec trente dollars par semaine. N'ayant pas de voiture, il se faufile aisément dans les parcs d'État, où il dort presque toujours sur la plage. S'il pleut, il se réfugie dans un des abris pour groupes de pique-niqueurs.

D'une certaine manière, j'envie le genre de tourisme qu'il pratique — et qui me rappelle celui d'Alice Brodeur, en plus minimaliste encore.

Je lui ai offert de continuer avec moi jusqu'à La Nouvelle-Orléans, où je compte me rendre en deux ou trois jours. Il a accepté.

En traversant Pensacola, j'ai fait un arrêt au supermarché. Sébastien a proposé d'acheter de quoi souper. J'ai payé le vin.

Il a pris une boîte de corned-beef, une de tomates étuvées, deux grosses pommes de terre, un oignon et une petite boîte de maïs en grain. J'ai choisi une bouteille de Pouilly-Fuissé, qui est, avec le Mouton-Cadet, un des rares vins français qu'on trouve un peu partout aux États-Unis.

Nous avons repris la route et emprunté un traversier entre le fort Morgan et l'île Dauphin, dans le sud de l'Alabama. Le traversier coûtait douze dollars, plus un dollar par passager. Sébastien a offert de payer son dollar. J'ai refusé, en espérant que mon compagnon protesterait. Il n'a pas insisté.

Lorsque nous sommes arrivés, vers cinq heures de l'après-midi, au camping du «rivage national des îles du Golfe, secteur Bayou Davis», à quelques kilomètres à l'est de Biloxi, le bureau d'inscription était fermé, mais une affiche précisait qu'il n'ouvrait que de six à huit heures du soir, les voyageurs arrivant hors de ces heures étant priés de s'installer et de s'enregistrer plus tard.

Sébastien a sorti de son sac un cahier jaune où il a griffonné quelque chose.

— Qu'est-ce que tu écris?

— «Gulf Island National Seashore, secteur Bayou Davis. Arriver après huit heures du soir et partir tôt.» Si jamais je reviens ici tout seul, j'arriverai vers neuf heures et je repartirai avant le passage des *rangers*.

Il ne paiera pas un sou. Je suis épaté que des gens comme lui s'en tirent à si bon compte, tandis que moi, je paye toujours pour tout.

Tandis que je dételais la caravane, Sébastien déroulait son sac de couchage sous l'arbre le plus touffu.

— Si tu veux, j'ai proposé en pensant qu'il refuserait, tu peux coucher par terre dans la caravane.

Sans un mot, il a ramassé son sac de couchage, l'a roulé et l'a déposé dans la caravane. Il m'a demandé ensuite si j'avais un livre à lui prêter. Je lui ai dit qu'il en trouverait une pleine boîte dans le coffre de la voiture.

Après avoir passé de longues minutes à fouiller dans ma bibliothèque, il est revenu, sans un livre, pour s'adosser à un arbre où il a fait une courte sieste. Apparemment, nous n'avons pas les mêmes goûts littéraires. J'avais espéré qu'il aurait la curiosité de lire un de mes romans — j'ai un exemplaire de chacun.

Vers sept heures, il a entrepris de faire le souper. Il a épluché les pommes de terre et l'oignon, les a coupés en petits morceaux, a ouvert les trois boîtes de conserve et jeté tous les ingrédients dans mon auto-cuiseur, avec un peu de moutarde. Il a fait cuire le tout pendant une dizaine de minutes et a servi.

Ce n'était pas mal du tout, arrosé de Pouilly-Fuissé.

J'ai fait un bref calcul : un dollar de corned-beef, soixante-quinze cents de tomates, quarante de maïs, soixante-quinze de pommes de terre — cela faisait moins de trois dollars, alors que la bouteille de Pouilly-Fuissé m'en a coûté plus de dix. Je me suis fait avoir. Mais moins que si le «hachis de corned-beef à la Mauro» n'avait pas été mon meilleur repas depuis Montréal.

La Nouvelle-Orléans

(LOUISIANE)

Le 3 novembre 1988

Je décerne aux douches du parc d'État de Saint Bernard, à trente minutes à peine du centre de La Nouvelle-Orléans, le titre de «meilleures douches des États-Unis d'Amérique», à cause de leur pomme très grosse d'où jaillissent de nombreux filets d'eau qui ne pincent pas la peau. Il faut toutefois veiller à ne pas les utiliser trop tôt le matin et attendre que l'eau, sous l'effet de capteurs solaires lents à démarrer, soit assez chaude.

Avant la douche, je suis allé courir dans les environs. Le Mississippi était caché par une haute jetée sans doute destinée à prévenir les inondations. Tout près de la route, j'ai vu un chenil. Des chiens semblaient aboyer dans ma direction, avec la dernière férocité. Mais je n'entendais presque rien — à peine des cris étouffés, comme s'ils venaient de chiots dix fois plus petits et cent fois plus loin. Je suppose qu'on leur a coupé les cordes vocales.

Quelle est l'utilité des chiens muets ? Elle m'est aussi mystérieuse que celle des produits de la Elevating Boats Inc., qui a son usine près de là : des bateaux tout neufs, de la taille de remorqueurs, amarrés le long d'un petit canal. Plusieurs d'entre eux justifient le nom de la compagnie qui les fabrique, car ils sont bel et bien hissés dans des poteaux — un à l'avant et deux à l'arrière. De grandes bagues les maintiennent ainsi à quelques mètres au-dessus du sol. Peut-être cela leur permet-il de se garer à l'abri de l'eau salée ou des tornades ?

En rentrant au camping, curieux d'en savoir plus long, j'ai demandé à la *ranger* de service si elle savait à quoi servent les «elevating boats». Elle l'ignorait. Elle savait seulement que le propriétaire de la Elevating Boats Inc. a été le donateur du terrain sur lequel le parc a été établi.

Un père et son fils de cinq ou six ans font du camping dans deux petites tentes basses, de type militaire, à motif de camouflage. Leurs combinaisons aussi sont camouflées. Et ils portent des bérets noirs. Ils n'ont pas de voiture ; je suppose que la mère de l'un et épouse de l'autre est venue les reconduire ici pour une opération de survie destinée à initier son enfant, dès l'âge le plus tendre, aux joies de la vie militaire.

Le 4 novembre 1988

Hier soir, j'ai invité Sébastien à m'accompagner à La Nouvelle-Orléans. Il a accepté.

Nous y étions à huit heures, et les rues étaient animées.

Nous avons longuement marché, rue Bourbon. Souvent, Sébastien s'arrêtait devant une porte ouverte, prêtait l'oreille à la musique, s'enquérait du prix des consommations.

Finalement, je l'ai suivi dans une toute petite boîte où deux musiciens noirs — un chanteur de blues chauve et un pianiste à chapeau melon — donnaient leur numéro pour un public minuscule.

La bière ne coûtait qu'un dollar et demi, et j'ai insisté pour payer la première tournée. Sébastien a payé la seconde. Le chanteur et le pianiste ont alors été remplacés par une grande chanteuse blonde qui s'est installée au piano et s'est mise à interpréter les grands succès du répertoire américain des comédies musicales.

Il était presque dix heures lorsque nous sommes ressortis. Nous nous sommes promenés dans d'autres rues du Vieux Carré. Puis, tout à coup, je me suis rendu compte que Sébastien n'était plus à côté de moi.

Vaguement gris, je me suis dit qu'il était temps de rentrer. Et que Sébastien Mauro était assez grand pour retrouver tout seul le chemin du camping.

Ce matin, j'ai dormi plus tard que de coutume et je me suis levé avec une légère gueule de bois. Sébastien n'était pas là. Je me suis fait des œufs brouillés et j'ai bu un verre de jus de tomate.

Il est enfin arrivé, vers midi.

— Où étais-tu passé ?

— J'ai rencontré une fille.

Je l'ai regardé en espérant qu'il en dirait plus. Mais il n'a rien ajouté. Il a pris son sac de couchage dans la caravane et l'a étendu dans le bois, où il a dormi tout l'après-midi.

De toute évidence, s'il avait passé la nuit au lit, ce n'était pas à dormir.

Grand Isle
(LOUISIANE)

Le 6 novembre 1988

C'est la première fois de ma vie que je campe directement sur la plage, et j'en retire à la fois un plaisir enfantin et une forte déception.

Les emplacements des campeurs dans ce parc d'État de Grand Isle ne sont équipés ni de robinets, ni de prises électriques, ni de bouches d'égout. C'est tout juste s'il s'y trouve cet accessoire essentiel des campings nord-américains : la table de pique-nique. Nous sommes survolés à toutes les cinq minutes par des hélicoptères qui font bruyamment la navette entre la terre ferme et les plates-formes pétrolières qui dessinent à l'horizon une ligne presque ininterrompue. L'eau du golfe du Mexique est ici sale et boueuse en plus d'être glacée. La plage est encombrée d'ordures et de débris. Pour couronner le tout, j'ai découvert, en allant courir sur la plage, deux cadavres de dauphins sanguinolents qui pourrissent en dégageant une odeur pestilentielle.

Mais on dîne et on dort à vingt pas des vagues. Le vent souffle sans arrêt et chasse les mouches et les moustiques. Il fait très beau. Vers cinq heures, les hélicoptères ont cessé leur activité. Sébastien s'est baigné, semble apprécier cet endroit.

Nous sommes presque seuls dans le camping. Nos uniques voisins sont un couple de retraités tout fraîchement arrivés, qui ont déjà réussi à enliser dans le sable leur monumental camping-car. Sébastien est allé leur offrir de l'aide. Mais ils sont membres d'un club qui leur donne droit au dépannage gratuit.

Au coucher du soleil, je comprends mieux qu'Eugène Delacroix, venu ici au siècle dernier, ait qualifié cet endroit de paradis insulaire ou d'île paradisiaque (le panneau du centre d'interprétation qui rapporte ses propos ne le cite qu'en anglais : «island paradise»).

Un tracteur arrive pour dépanner nos voisins et gâcher encore le silence. Delacroix a eu de la chance, d'être ici avant l'invention du moteur à explosion.

Le 7 novembre 1988

Ce matin, dès six heures, une cacophonie infernale m'a réveillé. Des hélicoptères volaient dans tous les sens. Au loin, dans un système de haut-parleurs, une voix féminine nasillarde hurlait des ordres dont je ne comprenais pas un mot. Des bateaux au grondement grave et persistant se faisaient entendre au large.

Le tout donnait l'impression d'une guerre, rien de moins.

J'ai soulevé le rideau pour regarder dehors. Il ne faisait pas encore tout à fait jour. Sébastien était déjà debout et faisait mine, comme un enfant qui joue au soldat, de tirer sur les hélicoptères avec un fusil.

Je me suis levé à mon tour.

— Ça n'a pas de bon sens, un bruit pareil, j'ai dit pour sympathiser.

— C'est lundi, changement d'équipe. Ils devraient être plus tranquilles demain.

J'espère qu'il a raison.

Le 8 novembre 1988

Sébastien ne s'était pas trompé : les hélicoptères étaient rares, ce matin.

Et nous avons repris la routine qui commence à s'installer depuis que nous voyageons de concert. Pendant que je vais chercher le journal, il prépare le café, que nous buvons généralement ensemble. Après avoir déjeuné, je vais faire mon jogging sur la plage, tandis que Sébastien part invariablement dans l'autre direction avec mes jumelles. Je fais exprès de changer de direction chaque matin. Lui aussi. Nous ne nous voyons presque plus avant l'heure du souper. En principe, nous nous chargeons à tour de rôle de l'achat et de la préparation du principal repas de la journée. À midi, nous nous débrouillons chacun de notre côté.

L'après-midi, je m'efforce d'écrire un peu, même si je n'écris que quelques lignes dans ce journal. Et je saute des jours. Si Sébastien revient et voit que je fais encore mine de travailler à mon ordinateur, il s'éloigne aussi prestement que si j'écoutais du *heavy metal* avec des haut-parleurs de mille watts. J'ai l'impression que rien ne lui tombe plus sur les nerfs que de me voir à l'œuvre. Au moins, il a l'élégance de ne pas dire un mot.

Et je dois reconnaître que, même si je trouve mon compagnon peu loquace, je l'apprécie plus que s'il était trop bavard. D'autant plus que l'impression de solitude et de crainte que j'avais ressentie en Floride s'est dissipée.

Même mes pneus s'en portent mieux.

Le 9 novembre 1988

C'était hier jour d'élections présidentielles.

Seul signe que ce n'était pas un jour comme les autres : la présence, sur la plage, d'enfants dont les écoles étaient fermées.

Je suis allé au bureau de scrutin, installé dans le local de la Légion américaine. Il y avait à la porte une reproduction d'un bulletin de vote, avec la marche à suivre pour utiliser la «machine à voter». On insère le bulletin dans un appareil muni d'un levier. Chaque possibilité est présentée à tour de rôle, et on appuie sur le levier pour faire un X devant les cases de son choix.

Comparé à celui de la Californie, où les électeurs ont à choisir parmi cent quarante propositions différentes (dont une visant à limiter à cent le nombre des propositions), le bulletin de vote n'est pas très compliqué, ici. Il y a l'élection du président des U.S.A. L'élection d'un juge de la Cour suprême de la Louisiane. L'élection d'un commissaire de la fonction publique. Et une proposition voulant que le comté s'adjoigne une autre parcelle de territoire.

Au camping, lorsque la nuit est tombée, Sébastien a refusé d'aller au bar le plus proche voir les résultats de l'élection, à la télévision.

Je suis donc allé seul au *Jo Bob*, «lounge» du restaurant *Cheramie*. Un immense téléviseur présentait un long métrage diffusé par satellite — un meurtre à toutes les deux minutes et une poursuite de voitures à tous les quarts d'heure. J'ai trouvé un tabouret libre. Personne ne s'intéressait au résultat de l'élection. Je m'en suis étonné à un jeune pêcheur cajun surnommé Tugboat, dont l'allure compacte et solide n'était pas sans rappeler celle d'un remorqueur. Il m'a affirmé parler un peu le français. Mais je n'ai pas réussi à lui en tirer un mot.

Il n'a pas voté. D'après lui, aucun des buveurs réunis au *Jo Bob* ne s'en est donné la peine.

S'il ne s'intéresse pas à la politique, il serait toutefois prêt à partir en guerre contre les Vietnamiens des environs, qui abusent de la pêche au chalut et vident l'océan. Ce qui le révolte le plus, c'est que les Vietnamiens obtiennent plus facilement que les Américains des prêts pour acheter leurs bateaux.

Je me suis étonné : en général, sinon sans exception, les banquiers n'ont pas de cœur. Je voyais mal pourquoi ils prêteraient à une ethnie plutôt qu'à une autre, surtout à des étrangers.

— C'est parce que les Vietnamiens travaillent tout le temps, a avoué Tugboat. Ils vivent sur leurs bateaux et pêchent avec toute leur famille.

Les pêcheurs vietnamiens présentent donc pour les prêteurs un moins grand risque que les Américains, qui travaillent moins fort, embauchent des employés à qui ils doivent payer des salaires et dépensent le reste pour s'acheter des maisons et des voitures.

— Des Vietnamiens ont tiré sur des Américains qui s'approchaient d'eux, a ajouté Tugboat. C'est vrai que les Américains leur criaient après, mais quand même! Surtout qu'on n'est pas censé avoir des armes à feu dans les bateaux. Quand les Américains se font prendre, ils ont des amendes. Les Vietnamiens, eux, on ne leur fait rien.

Je lui ai dit qu'à mon avis la solution à ce genre de problème était politique. Il faudrait de meilleures lois pour contrôler les abus des pêcheurs ou plus de moyens pour faire respecter les règlements actuels.

Tugboat a préféré se lamenter : « On est allés les aider là-bas, et regardez ce qu'ils viennent nous faire ici. »

Un gros type à l'emploi d'Exxon s'est alors joint à notre conversation. Il prétendait avoir lu un livre sur les raisons qui ont forcé les Américains à s'impliquer dans la guerre du Viêt-nam : c'est la faute des Français. Quand ils sont partis de ce pays, les Américains se seraient engagés à intervenir à leur place.

Je ne me suis pas gêné pour trouver cette théorie plutôt farfelue. Peut-être les Américains se sont-ils engagés envers les Sud-Vietnamiens à leur venir en aide, mais je voyais mal comment ils auraient pu en faire la promesse à la France. Et surtout comment ils se seraient sentis tenus de respecter cette promesse au point d'envoyer un demi-million d'hommes de troupe. Mais mon nouvel interlocuteur n'en démordait pas : si les Américains ont fait la guerre du Viêt-nam, c'est la faute des Français.

Nous buvions beaucoup et sommes passés, sans heurt et sans que je me souvienne comment, du Viêt-nam à la crise des otages en Iran. Le gros homme aurait, s'il avait été Jimmy Carter, envoyé trente mille *marines* pour libérer les otages — morts ou vifs.

Dans une maladroite tentative de diversion vers un sujet moins politique, j'ai répété une statistique entendue à la radio : Vancouver et Seattle sont deux villes voisines et relativement semblables ; mais on a deux fois plus de chances de mourir assassiné à Seattle qu'à Vancouver, et on risque cinq fois plus d'y être tué par un revolver.

La discussion s'est engagée sur le contrôle des armes à feu. Je soutenais que beaucoup d'Américains vivraient plus vieux et que beaucoup d'autres passeraient moins de temps en prison si les revolvers étaient interdits. Mon interlocuteur, membre de la National Rifle Association, se disait d'accord, à condition qu'on désarme d'abord les criminels.

C'est à ce moment-là, je crois, que Sébastien est arrivé. Il était tout de même un peu curieux du résultat des élections. Personne n'en avait la moindre idée.

J'ai fait remarquer à mon défenseur des armes à feu qu'il y a tous les ans plus de meurtres dans la seule ville de Miami que dans tout le Canada. Il m'a répondu que Miami n'est pas une ville américaine, puisqu'il y a là plein de Cubains, de Colombiens et d'Haïtiens. Le Canada, selon lui, a toujours été un pays doux et non violent. Il y est déjà allé…

— En fait, a-t-il ajouté, la seule violence que j'ai vue au Canada, c'est le chauvinisme des Français à l'égard des Anglais.

— Sale fasciste.

Je me préparais depuis quelques minutes déjà à insulter mon interlocuteur et je n'attendais que le moment favorable.

J'ai reçu un verre de bière au visage (juste retour des choses, puisque je venais de payer la dernière tournée).

— Sale fasciste, j'ai répété avec la belle obstination des ivrognes.

Le gros type s'est levé, s'est approché de moi. J'avais beau être assis sur un tabouret plutôt haut, mon adversaire (qui, je m'en rendais compte de façon quelque peu tardive, avait la taille d'une armoire à glace) me dépassait encore d'une tête. Il m'a lancé un coup de poing sans crier gare, juste au moment où je descendais de mon tabouret dans le vain espoir de me retrouver à sa hauteur. Son bras m'a effleuré l'oreille, sans me faire mal. Cela ne m'a pas empêché de trébucher, et je me suis retrouvé sur le dos.

C'est alors que Sébastien est passé à l'action. Il a tapoté l'épaule du gros, qui s'est retourné à temps pour recevoir un solide coup de poing dans l'estomac. J'en ai gardé un souvenir bizarre, qui est peut-être le fruit de mon imagination : je voyais l'homme de profil, et toute la graisse qui entourait son ventre a semblé se déplacer vers l'arrière en faisant le tour de sa taille, pour revenir à l'avant avec une élasticité aussi remarquable que celle de la gelée de veau.

Sébastien aurait sans doute été satisfait d'en rester là. Mais son adversaire a tenté de se saisir de lui. Sébastien l'a esquivé, puis l'a atteint d'un solide droit au visage, qu'il aurait pu, je suppose, faire suivre d'un second coup de poing tandis que le gros se touchait le nez et examinait avec stupéfaction ses doigts tachés de sang, qui auraient dû l'encourager à abandonner la partie. Au contraire, la masse de graisse a foncé en direction de Sébastien, qui s'est écarté prestement. Sur sa lancée, elle a passé la porte et ne s'est arrêtée qu'une fois rendue sur la galerie, où elle n'avait apparemment pas du tout souhaité aller.

Sébastien nous a regardés — moi, Tugboat et le barman. L'un de nous a-t-il fait un signe ou adopté une allure signifiant «Vas-y, continue» ? C'est possible, car Sébastien est sorti à son tour sur la galerie.

En chancelant, l'homme a encore levé les poings, ce qui était sans doute la seule attitude prescrite par la N.R.A. dans une situation pareille. Sébastien a percé cette molle défense avec deux coups rapides, un de chaque poing. Son adversaire a enfin laissé tomber les bras. Sébastien a pris un autre élan de son poing droit. Mais il a hoché la tête et renoncé à frapper.

Tugboat et le barman se sont précipités sur le gros homme lorsqu'il s'est écrasé au sol.

— On s'en va ? a suggéré Sébastien en m'aidant à me relever.

Nous sommes partis en silence. J'aurais aimé faire comprendre à Sébastien qu'il y était allé un peu fort, même si son adversaire l'avait tout à fait cherché.

Je me suis contenté de murmurer un «merci» sans conviction.

Le 10 novembre 1988

Ce matin, le *New Orleans Times-Picayune* publiait les résultats complets des élections. Cinquante pour cent seulement des électeurs se sont prévalus de leur droit de vote. Comme George Bush a obtenu cinquante et un pour cent des voix, cela signifie qu'un électeur sur quatre a voté pour lui. Il me semble qu'Adolf Hitler avait eu un plus fort pourcentage des voix lorsqu'il était devenu chancelier, vers 1933.

Seule consolation : le Maryland a voté en faveur d'un meilleur contrôle des armes à feu.

Le 11 novembre 1988

Il y a, à cinq cents mètres du camping, un grand quai surélevé, qui prolonge le centre d'interprétation et que je surveille de loin. J'y aperçois presque tout le temps la silhouette de pêcheurs à la ligne. Ce matin, enfin, il n'y avait personne.

Parfois, lorsque Sébastien achète des crevettes, je songe à en garder deux ou trois, crues. J'ai mis celles d'hier dans mon coffre à pêche et je me suis dirigé vers le quai, canne sous le bras.

Sébastien, lui, ne pêche pas. Il dit que la manière dont les pêcheurs laissent mourir les poissons est le comble de la cruauté humaine. Chez les animaux, les prédateurs achèvent leurs victimes rapidement.

Je croyais avoir enfin l'occasion de pêcher sans témoins, car je me sais particulièrement maladroit. Malheur : en arrivant au bout du quai, j'ai découvert trois pêcheurs, assis ou accroupis — c'est pourquoi je ne les avais pas vus plus tôt. J'ai hésité un instant avant de décider qu'il serait encore plus ridicule de rebrousser chemin. J'ai donc assemblé ma canne et fixé au bout du fil un plomb et un hameçon, avec une crevette.

À côté de moi, un pêcheur s'est levé et a sorti de l'eau un énorme poisson-chat, qui devait faire presque cinq kilos et s'est agité vigoureusement sur le quai. Le pêcheur a arraché l'hameçon de la gueule du poisson, qu'il a aussitôt rejeté à la mer.

— Vous auriez aimé l'avoir ? m'a-t-il demandé ensuite.

— Oh non, j'ai répondu alors que j'aurais justement bien aimé qu'il me le donne.

Presque aussitôt, j'ai senti une touche au bout de ma ligne. J'ai ferré. Le poisson était bien pris. Sûrement un gros. Excité, j'ai mouliné lentement pour éviter de perdre ma prise. C'était un minuscule poisson-chat. Enfin, minuscule en comparaison de celui que je venais de voir rejeter à la mer. J'aurais bien voulu garder le mien, qui devait peser une bonne demi-livre. Si j'en avais pris encore deux ou trois, il y aurait eu de quoi faire un repas pour deux. Mais comment garder un si petit poisson alors que mes concurrents en rejetaient des vingt fois plus gros ?

Je l'ai donc remis à l'eau. J'en ai pris encore trois comme celui-là — ou le même trois fois de plus —, que j'ai rejetés encore.

Lorsque les pêcheurs sont partis, je me suis enfin retrouvé seul, libre de garder tous les poissons qui me plaisaient. Mais il ne me restait plus une seule crevette.

J'ai remballé mon matériel et je suis rentré.

À Sébastien qui ne me demandait rien, j'ai affirmé que je n'avais pas eu la moindre touche.

Lafayette
(LOUISIANE)

Le 15 novembre 1988

Le camping municipal de Lafayette, métropole du pays cajun, est ombragé, tout en pentes, sur la rive d'un petit bayou aux eaux noires. Dans le coin du parc où on m'a dit de placer la caravane, un bâtiment à deux étages présente une petite exposition sur l'écologie des bayous.

Je suis allé acheter de la bière à l'épicerie la plus proche. Voyant que l'établissement annonçait du boudin créole, j'en ai demandé une livre. L'homme qui m'a servi m'a demandé en anglais si j'étais au camping, puis si j'étais du Canada, et enfin si je parlais français.

— Oui. Et vous ?

— Un petit peu, m'a-t-il répondu humblement avec un joli accent pointu. Assez pour tenir une conversation.

— Vos enfants ?

— Un petit peu, a-t-il répété, mais sur un ton moins convaincant.

Il devait s'occuper d'autres clients.

— Reviens *back*, m'a-t-il lancé chaleureusement tandis que je passais la porte.

Sébastien et moi avons savouré le boudin créole. Pas mal, mais j'ai des doutes sur sa valeur nutritive : beaucoup de riz et de matières grasses, m'a-t-il semblé.

Un téléphone s'est mis à sonner en pleine nuit, dans le petit musée écologique. Une vingtaine de coups, peut-être trente. Sébastien a grogné. Le téléphone a fini par se taire, pour recommencer deux minutes plus tard. Sébastien s'est alors habillé sans dire un mot. Lorsqu'il est revenu dans la caravane, le téléphone avait cessé de sonner. J'ai eu l'impression qu'il ne s'était pas contenté de soulever le combiné. Ce matin, en voyant arriver une voiture de police suivie d'un camion de la compagnie de téléphone, j'en ai été convaincu.

Un agent est venu nous demander si nous avions entendu du bruit la nuit dernière, puisque nous étions les campeurs les plus proches du téléphone. J'ai répondu simplement que j'avais entendu la sonnerie, mais rien d'autre. Sébastien a confirmé, d'un hochement de tête.

Le 17 novembre 1988

À la radio, un nommé Kermit Villeneuve lit les nouvelles en français. Il les traduit tout à fait littéralement, mot à mot, et de façon parfaitement claire pour quiconque comprend aussi l'anglais :

«La cherche pour Dorothea Montalvo Puente est finie. La police de Los Angeles dit qu'ils ont arrêté l'assassineuse alléguée après qu'ils ont eu des informations par quelqu'un anonyme. Puente est crue d'avoir tué sept résidants à son hôtel à Sacramento pour collecter leurs payements de sécurité sociale. La police était après chercher pour elle depuis la fin de semaine.»

Le 18 novembre 1988

Le journal annonce pour demain une course de dix kilomètres : la «neuvième course annuelle de la Coupe Cajun». Il y a longtemps que je n'ai pas participé à une course populaire. Je vais m'inscrire, au Hilton, en espérant que ce sera gratuit ou pas trop cher. Mauvaise surprise : quatorze dollars !

Je m'inscris quand même. On promet de m'envoyer un tee-shirt souvenir par la poste. Et cela me forcera à courir un peu en vitesse parce que je ne me suis préoccupé que de distance depuis deux ans.

Le 19 novembre 1988

Je n'ai pas du tout regretté les quatorze dollars de ma Coupe Cajun. Bien au contraire.

Pour commencer, voyons la chose d'un angle purement sportif. J'espérais faire dans les cinquante-cinq minutes. Eh bien, j'ai couru mes dix kilomètres en cinquante minutes, vingt-neuf secondes et cinquante centièmes. Comme je m'étais placé à l'arrière du peloton, j'ai dû traverser la ligne trente secondes après le signal du départ. Donc, j'ai mis cinquante minutes tout juste. Je suis ravi.

À la fin de la course, bière pression gratuite offerte par un commanditaire. Et on se servait soi-même, sans restriction. Je n'avais jamais fait fonctionner un de ces robinets, et j'en ai retiré un plaisir puéril. J'ai aussi dégusté plusieurs morceaux du poulet frit cajun, cadeau d'un autre commanditaire.

En rentrant au camping, j'avais hâte de raconter à Sébastien mes péripéties de la matinée. Mais il était assis, chez des voisins, avec un vieux campeur et une fillette. Il jouait d'un petit accordéon. Le vieux faisait grincer un violon et la petite tinter un triangle. Ils chantaient ensemble, tous les trois, d'une voix plaintive :

Quand j'étais millionnaire,
J'étais pas heureux.

C'est à ce moment-là que je me suis rendu compte que c'étaient les premiers mots de français que j'entendais de la journée, après avoir couru, bu et mangé avec mille *yuppies* de Lafayette.

L'île Padre

(TEXAS)

Le 22 novembre 1988

Hier, nous avons fait halte pour la nuit dans un camping en banlieue de Houston, d'où on apercevait le fameux Astrodome.

Dans les environs immédiats, il y a plusieurs centres hospitaliers de grande réputation, spécialisés dans le traitement du cancer. La plupart des motels offrent un service de navette gratuit vers ces institutions.

Ce matin, comme nous levions le camp, une dame s'est approchée.

— Vous êtes du Canada ? Il y avait des Canadiens, ici, qui sont restés jusqu'à la semaine dernière. Lui, il allait au Texas Medical Institute tous les jours, pour des traitements. Mais ça ne lui a pas fait de bien. Ils sont repartis vendredi.

J'ai regardé autour de moi. Dans ces caravanes, combien de gens étaient là pour des traitements ? Je l'ignorais, mais ça m'a gâché ma journée.

Heureusement, au coucher du soleil, nous avons retrouvé la mer, à l'île Padre.

Il s'agit d'une bande de terre, longue de deux cents kilomètres, près de l'extrémité sud du Texas, sur le golfe du Mexique. Dans le secteur nord, à l'est de Corpus Christi, on trouve plusieurs campings publics ; nous en avons fait le tour avant de fixer notre choix.

Le parc d'État de l'île Mustang est le mieux équipé — et le plus coûteux. Il y a aussi, à une trentaine de kilomètres au sud, un secteur sans électricité, à quatre dollars seulement, avec douches pas chauffées, où on campe en file indienne sur un parking goudronné. Finalement, on peut s'installer tout à fait gratuitement sur la plage, où on trouve des toilettes chimiques placées de loin en loin.

J'aurais, si j'avais été seul, opté pour le parc d'État, avec ses douches chaudes, son électricité et — suprême agrément — ses boîtes distributrices de journaux. J'ai toutefois deviné que Sébastien préférerait le secteur gratuit même si ce n'était pas lui qui payait. J'ai opté pour un compromis : le secteur asphalté, à quatre dollars.

Le 23 novembre 1988

En revenant des toilettes, j'ai aperçu tout à l'heure un couple d'Américains. L'homme m'a salué et je me suis approché. Il revenait d'Alaska avec sa femme et était en train de traiter dans un fumoir portable une partie du saumon qu'il avait pris là-bas et qu'il avait congelé (oui, il y a des congélateurs dans les grands camping-cars ; quand on a la climatisation, un four à micro-ondes et une antenne parabolique, le congélateur est un appareil tout à fait banal).

Nous avons parlé de choses et d'autres — par exemple, des ours que la femme aurait souhaité observer au Canada mais qu'elle n'a pas vus. La nécessité de se défendre contre ces mammifères, tout invisibles qu'ils soient, a amené son mari — un homme au visage grassouillet et au langage onctueux qui me rappelaient ceux des ecclésiastiques d'autrefois — à son sujet de conversation préféré : les armes à feu.

Il a fait carrière dans l'armée et dans la police. Et il ne voyage jamais sans ses carabines, fusils et revolvers. Malheureusement, m'a-t-il expliqué, il n'a pas pu apporter ses revolvers en Alaska, parce qu'il sont interdits au Canada. Autrefois, on pouvait, en arrivant à la douane canadienne, faire sceller son revolver dans un sac de plastique et le faire desceller à la frontière de l'Alaska. Aujourd'hui, ce n'est plus permis. La prochaine fois, il se fera livrer ses revolvers directement en Alaska, par Federal Express. De toute façon, il s'est fabriqué, exprès pour le Canada, un fusil à canon tronqué — dix-huit pouces et quart, parce que toute arme à feu qui fait dix-huit pouces ou moins est interdite chez nous. Et il le charge avec du gros plomb. Avec ça, si jamais quelqu'un lui cherche noise, il est sûr de ne pas le manquer.

Je suis très fier de moi. J'ai évité de me lancer dans une délicate discussion sur les armes à feu, les statistiques comparatives et les morts inutiles. C'était un choix d'autant plus judicieux que le type a justement à portée de la main un arsenal complet. Il a cinq cents balles et cartouches! Il ne s'en sert jamais, reconnaît-il avec une pointe de regret.

Le plus curieux, c'est que ces gens qui, si j'avais la mine le moindrement menaçante, me tireraient dessus sans me demander mon avis, m'ont donné, à moi pourtant parfait étranger, un morceau de leur saumon fumé. Cela ne ressemblait pas du tout au saumon fumé que je connais. Cela avait un goût de fumée beaucoup plus que de saumon. Je me suis demandé si ce saumon n'avait pas été tué à coups de fusil. Hypothèse farfelue, ce qui ne m'a pas empêché de manger mon poisson lentement, au cas où j'y aurais trouvé des plombs.

Le 25 novembre 1988

Ce matin, j'ai couru pendant une heure et demie sur la plage. Et j'ai cet après-midi une douleur insupportable à la cheville. Est-ce le temps très humide ? Ou ma Coupe Cajun un peu trop rapide, sur l'asphalte, alors que j'ai pris l'habitude de courir dans le sable ? Je vais me donner quelques jours de congé, et on verra bien.

Pour payer la journée de camping, il faut mettre quatre dollars dans une enveloppe sur laquelle est imprimé un formulaire à remplir avant de glisser le tout dans un tuyau muni d'une fente. Le problème, c'est qu'après trois jours je me suis trouvé à court de billets d'un dollar et que le tuyau ne rend pas la monnaie. Je voulais aller en chercher à Corpus Christi, à une bonne demi-heure de route. Sébastien a proposé d'aller plutôt nous installer sur la plage, dans le secteur gratuit. Et nous y sommes très bien.

Tout à l'heure, Sébastien a oublié son cahier ouvert dans la caravane tandis qu'il allait se promener. J'ai lu une page. Un poème, dont je n'ai retenu que le dernier vers : « ce soir l'infini était plus qu'achevé ».

Je ne sais pas si c'est bon. La poésie et moi, nous avons toujours été un peu fâchés. Mais j'envie la facilité avec laquelle Sébastien remplit son cahier alors que mon journal s'en va à l'abandon.

Son exemple m'a toutefois encouragé un moment à me remettre à mon histoire de voyageur nu sur une plage. Mais les plages du Texas ne conviennent pas plus à mon récit que celles de la Floride. J'ai ajouté deux misérables lignes. Et j'en ai biffé trois.

Big Bend
(TEXAS)

Le 29 novembre 1988

Sur un bout d'autoroute, près de Laredo, nous avons dû faire halte à un barrage de la patrouille des frontières à la recherche d'immigrants illégaux. Hommes en armes et chiens en laisse : ils me font penser aux barrages routiers des pays d'Europe de l'Est que nous présentait jadis la télésérie *Mission Impossible*. Avant nous, un Hispanique doit déployer tous ses papiers à l'intention de l'inspecteur en uniforme, un petit roux qui porte un revolver à la hanche. C'est notre tour. Le policier nous demande si nous sommes «citoyens». Je n'ose pas demander : «De quoi ?» Nous répondons que nous sommes canadiens. Il jette un coup d'œil dans la caravane pour s'assurer qu'elle ne dissimule pas une dizaine de familles salvadoriennes et nous fait signe de passer sans nous demander le moindre papier.

Sébastien n'a rien dit. Mais je sens que l'incident l'a mis en rogne.

Nous sommes finalement arrivés au parc national de Big Bend, sur la frontière du Mexique, à l'endroit où le Rio Grande fait un grand coude qui donne son nom au parc. J'ai choisi de nous installer au camping du bassin Chisos. On le déconseille aux caravanes de plus de vingt pieds. Je comprends pourquoi : pour s'y rendre, il faut, après une longue montée, descendre des pentes de quinze degrés, avec des virages en épingle à cheveux. Mais l'endroit le vaut bien, dans une cuvette au milieu de montagnes de roc rouge, toutes proches.

En général, avant d'installer la caravane pour de bon, je regarde dans tous les sens pour trouver l'angle sous lequel j'aurai la plus belle vue de la meilleure fenêtre — celle de l'arrière, où se trouve la table transformable en lit. Ici, j'ai l'embarras du choix : la vue est spectaculaire dans toutes les directions.

À la tombée de la nuit, le bassin est entouré de la haute silhouette noire des rochers. Le ciel est pur et constellé. Et les phares des voitures qui descendent en zigzaguant au flanc de la montagne ont quelque chose de féerique et, d'une certaine manière, d'étrangement naturel.

Le 1er décembre 1988

Sébastien m'a invité ce matin à l'accompagner dans une petite randonnée pédestre. J'ai accepté, malgré cette douleur à la cheville qui ne me lâche plus, même si j'ai suspendu mon jogging jusqu'à nouvel ordre. Il s'arrêtait à tout bout de champ pour examiner des oiseaux, des cactus, des empreintes d'animal, ou pour admirer le paysage, ce qui m'a vite ennuyé.

Nous sommes ensuite allés déjeuner au Mexique, à Boquillas del Carmen, où une petite barque en aluminium nous a fait traverser à la rame le Rio Grande pour un dollar et demi chacun. J'ai payé le traversier. Sébastien a insisté pour payer le repas — des *burritos* et des *tacos*, à trois pour un dollar. J'ai insisté encore pour payer la bière mexicaine, et nous en avons pris trois chacun.

Je n'étais jamais allé au Mexique, et je suis enchanté de l'expérience. Pas de poste frontière — sauf du côté mexicain, où un grand bâtiment désaffecté porte encore des traces de peinture délavée : «INMIGRACION, ADUANAS». Peut-être y avait-il là autrefois un pont ou un passage à gué ?

Le Rio Grande n'a ici guère plus de vingt mètres de largeur. Du côté américain, c'est bucolique, verdoyant et sauvage ; de l'autre côté, c'est agité, pauvre et désertique.

Sébastien parle un peu d'espagnol et a trouvé un Mexicain qui lui a vendu de la marijuana. Ils l'ont fumée ensemble. J'ai refusé de me joindre à eux et j'ai exhorté mon compagnon à ne pas en rapporter avec lui aux États-Unis.

Il a fumé trois joints, prétendument pour s'en débarrasser. Et il était d'une humeur particulièrement joviale lorsque nous avons retraversé. Il s'est levé pour pisser au beau milieu du fleuve, au risque de faire chavirer la barque et au grand scandale d'un couple de vieux Américains qui revenaient avec nous.

Le 3 décembre 1988

Jeudi, Sébastien est parti faire du camping sauvage dans les environs. «C'est gratuit», a-t-il dit comme pour s'excuser (pourtant, lorsqu'il partage un camping avec moi, cela ne lui coûte pas plus cher).

Il a emporté ses affaires.

— Comme ça, si tu en as assez de m'attendre, tu pourras toujours partir, a-t-il précisé.

Mon «calendrier officiel» prévoyant que je passerai deux semaines ici, j'ai promis à Sébastien de l'attendre jusqu'à lundi en huit, à midi.

J'apprécie ma solitude retrouvée. Et une liberté nouvelle.

Par exemple, je me sens moins forcé de sortir mon ordinateur, maintenant que je n'ai plus personne devant qui faire semblant d'écrire — que ce soit mon journal ou mon roman. Je m'y remettrai dans quelques semaines ou quelques mois.

Le 4 décembre 1988

Ce matin, dimanche, je suis déjà forcé par les événements à briser ma promesse de prendre un congé d'ordinateur.

Tout à l'heure, je suis monté au bureau des *rangers* à côté duquel se trouve le téléphone. C'est un téléphone à cadran. Le premier que je vois depuis longtemps — c'est même la première fois que j'en vois aux États-Unis.

Comme j'avais lu qu'il fallait absolument un téléphone à poussoirs pour communiquer avec le centre de messages, j'ai fait le numéro du service d'aide du téléphone cellulaire et exposé mon problème.

— C'est simple, m'a dit une jeune femme. Je vais écouter avec vous. Après chaque message, vous me direz quoi faire : le garder ou l'effacer.

Je lui ai donné mon numéro de téléphone et mon mot de passe.

«Vous avez deux nouveaux messages, a dit la voix synthétique. Voici le premier message…»

«Mon chéri, c'est moi. Tu peux te rassurer. J'ai trouvé la solution à mon problème. Je sors de ta vie une fois pour toutes. Bonne chance.»

C'était Judith Archambault.

— Vous voulez le conserver ? est intervenue la téléphoniste.

— Non. Effacez-le.

«Voici le deuxième message…»

«Bonjour. Je voulais juste te dire de ne plus t'en faire. Jean-Claude est d'accord pour le garder. Je t'ai beaucoup aimé, tu sais. Mais n'essaie plus de me rappeler. »

C'était Laurette Larose.

— Vous voulez le conserver ?

— Effacez.

«Fin des nouveaux messages», a conclu la voix synthétique.

— C'est tout. Bonne chance! a fait la téléphoniste.

Y avait-il de l'ironie dans sa voix ? Il m'a semblé que oui. Combien de chances sur combien de milliards y a-t-il pour qu'un homme reçoive dans la même semaine des appels de deux femmes qui le laissent tomber, au moment même où une étrangère l'écoute parce qu'il capte ses messages du seul téléphone à cadran de tous les États-Unis d'Amérique ?

Elle a dû me prendre pour le dernier des idiots. Et comme j'utilise l'année de ma naissance comme mot de passe, il est facile de deviner mon âge.

J'aurais préféré passer pour un jeune idiot.

Le 5 décembre 1988

Dès l'aube, j'ai attelé la caravane et déménagé à l'autre bout du parc — au camping nommé Cottonwood, moins joli que celui de Chisos, mais pas mal quand même. Et ça ne coûte que deux dollars la nuit — trois de moins. Seule différence : des toilettes sèches au lieu des W.-C.

J'ai échangé quelques mots avec mes voisins immédiats — un couple de retraités du Michigan. Gens sympathiques, qui ont encore sur leur pare-chocs un autocollant appuyant Dukakis et Bentsen, un mois après leur retentissante défaite aux élections présidentielles. Ils me recommandent de faire attention à mes affaires.

— Il paraît qu'il y a eu beaucoup de vols, le mois dernier, dans les autos stationnées près du traversier, explique l'homme. Alors, les *rangers* ont dit aux gens de Santa Elena qu'ils ne laisseraient plus les touristes traverser tant que les vols ne cesseraient pas. Ça a cessé tout de suite : les propriétaires de restaurants ont fait des pressions sur les voleurs. Mais on ne sait jamais quand ça recommencera.

L'an dernier, le trafic de drogue avait pris tellement d'ampleur que les Américains ont fermé la barrière qui donne accès au traversier. Les *federales*

126

mexicains ont alors lancé une grande opération pour mettre la main au collet du principal trafiquant. Les policiers américains ont collaboré, en se déployant de ce côté de la frontière pour lui barrer la route.

Le trafiquant a été tué. Et tout le monde était content.

Le 7 décembre 1988

Jamais je n'ai eu aussi peur.

À la tombée de la nuit, hier soir, je suis allé aux toilettes. Sans apporter de papier hygiénique, car s'il y a une chose qui ne manque jamais dans les campings américains, c'est bien le papier cul.

J'étais presque rendu, lorsque j'ai aperçu mes retraités du Michigan qui en revenaient, avec leur rouleau de papier. J'en ai déduit que les toilettes devaient en être dépourvues. Je suis retourné à la caravane, j'ai pris le papier hygiénique dans son tiroir, et je m'apprêtais à ressortir quand j'ai entendu un bruit de moteur, tout près. Je me suis penché à la fenêtre pour voir qui avait le culot de venir se garer si près de moi.

Mon cœur a dû sauter quelques battements : le paysage bougeait. Le moteur en marche était celui de la Mustang. Comme je n'étais pas sûr de passer plus d'une nuit ici, je ne m'étais pas donné la peine de dételer la caravane. Et un voleur, croyant que je m'étais éloigné, venait de partir avec ma caravane, ma voiture… et leur propriétaire !

J'ai d'abord été tenté de me précipiter dehors. Mais nous roulions déjà bon train. Je me suis dit qu'il valait mieux continuer sur les trousses de mon voleur, plutôt que de rester derrière, sans rien d'autre que mon portefeuille et les vêtements que j'avais sur moi.

Je l'ai bientôt regretté. Nous roulions à fond de train sur la route déserte. Dans la caravane, j'étais violemment secoué d'un côté à l'autre. J'ai été forcé de m'asseoir et de m'agripper à la table. J'ai décidé : « S'il ralentit assez, je saute dehors. »

Mais la Mustang ne faisait pas mine de ralentir et encore moins de s'arrêter. Par la fenêtre, je voyais défiler la masse sombre de la *sierra* de Santa Elena, de l'autre côté du Rio Grande, contre le ciel bleuté.

Un bout de chemin en ligne droite a permis à la Mustang d'accélérer encore. J'ai pris une décision que je trouve maintenant téméraire même si elle s'est révélée judicieuse : faire savoir au voleur qu'il y avait quelqu'un dans la caravane. J'ai sorti de son tiroir mon plus gros couteau de cuisine. Et j'ai entrepris d'allumer et d'éteindre le plafonnier. Je me suis souvenu de mes années de scoutisme, et j'ai fait le S.O.S. — trois grands, trois petits, trois grands — dans le ridicule espoir qu'un agent de police qui verrait passer une caravane faisant des signaux de détresse se lancerait à mon aide. Il s'est écoulé une bonne minute au moins sans que rien se produise. Puis la voiture a ralenti. J'ai jeté un coup d'œil dehors : rien ne semblait justifier ce ralentissement. Elle a roulé encore une bonne minute, de plus en plus lentement, puis s'est arrêtée tout à fait.

J'ai tendu l'oreille, reconnu le bruit de la portière de la Mustang qui s'ouvrait. J'ai serré le couteau dans ma main, éteint la lumière et poussé le verrou de la porte d'entrée.

Dans le pare-brise, j'ai aperçu l'ombre d'un homme qui courait vers le Rio Grande.

J'ai tremblé comme une feuille pendant plusieurs minutes avant de prendre place au volant de la Mustang et de faire demi-tour.

Paradise
(ARIZONA)

Le 14 décembre 1988

En passant près d'El Paso, j'ai fait hier ce que j'aurais dû faire depuis plusieurs semaines : j'ai téléphoné à Larry Sirois pour lui dire que ce n'était plus la peine d'essayer de me joindre par téléphone cellulaire. De toute façon, je ne suis presque jamais dans des zones de réception. Qu'il me laisse plutôt un message et je le rappellerai.

Je lui ai offert de prendre mes messages deux fois par semaine. Mais une fois lui convient parfaitement. Larry prend la chose si calmement que je m'en veux de ne pas l'avoir suggérée plus tôt. Je soupçonne que le projet d'émission ne progresse pas — et dans ce métier les projets qui ne progressent pas sont généralement en voie d'abandon.

Je suis maintenant libre comme l'air. D'aller où je veux, quand je veux.

Il est vrai que je le serais un peu plus si je n'avais pas, lundi après-midi, récupéré Sébastien surpris de me voir encore à Cottonwood. Mais les événements récents m'ont convaincu qu'il vaut mieux être un peu moins libre et un peu plus en sécurité.

En deux jours, nous venons de traverser une bonne partie du Texas et le Nouveau-Mexique en entier, avant de pénétrer en Arizona.

À la fin de l'après-midi, de grand-route en route secondaire, en route étroite, en chemin plus étroit encore, nous sommes arrivés dans la «forêt nationale Coronado» et avons roulé tant qu'un panneau ne nous a pas annoncé que la route traversant les monts Chiricahua était bloquée par la neige quelques kilomètres plus loin.

Nous avons rebroussé chemin jusqu'à un camping du Service des forêts, près du village de Paradise. Un ruisseau nous barrait la route. Sébastien l'a d'abord traversé à pied pour s'assurer que l'eau n'était pas trop profonde.

Le camping est gratuit, en cette morte saison. Nous avons garé la caravane au bord du ruisseau, qui glougloute joyeusement.

Et ce soir sont réunies, pour la première fois depuis longtemps, les trois conditions nécessaires à un bon feu de camp.

D'abord, c'est permis. Presque toujours, dans le Sud, les feux au sol sont interdits. Ensuite, il fait un bon temps à feu de camp — juste assez frais pour que ça nous réchauffe et quand même assez chaud pour éviter de nous geler le dos et les fesses. Finalement, nous avons du combustible. Nos voisins les plus proches ont une énorme pile de bois abandonné par les campeurs précédents mais ne s'en servent pas. Ils nous l'offrent. Nous sautons sur l'occasion.

Feu de camp merveilleux. On se croirait au Québec dans les premières soirées fraîches d'octobre, lorsque les moustiques sont enfin disparus.

J'ai ouvert une bouteille de vin bulgare. Puis une deuxième.

Yuma

(ARIZONA)

Le 19 décembre 1988

Il n'y a pas si longtemps, j'étais prêt à abandonner ce journal parce qu'il ne m'arrivait rien. Et voilà que, deux semaines après la tentative de vol, il s'est passé un autre événement un peu trop palpitant à mon goût.

De nouveau, j'étais seul, à la suite d'une longue discussion avec Sébastien, au sujet du Grand Canyon.

Il n'y est jamais allé, mais il prétend que c'est là qu'on peut admirer les paysages les plus extraordinaires d'Amérique. Mais c'est un long détour. En faisant mes comptes, je me suis aperçu que je défonce de cinquante dollars mon budget hebdomadaire. Une partie de ces dépenses supplémentaires vient du voyage à deux puisque je paie presque tout, et je n'ai pas très envie de gaspiller de l'essence par-dessus le marché. Et puis, le Grand Canyon est plus au nord et nécessairement plus froid, même si Sébastien soutient que non. Surtout, je suis parti faire le tour des États-Unis. Pour ce faire, je dois longer les frontières et non rouler à des centaines de kilomètres de celles-ci.

Ce matin, je l'ai laissé à la jonction des autoroutes 10 (vers Phœnix et le Grand Canyon) et 8 (sur laquelle j'ai continué). J'aurais préféré, à la suite de la tentative de vol, avoir encore Sébastien avec moi. Mais dès qu'il est sorti de la voiture, je me suis senti totalement libéré. De Sébastien Mauro, d'abord. Et aussi de Larry Sirois, de Judith Archambault et de Laurette Larose. J'étais seul au monde.

Mon euphorie n'a pas duré.

Vers deux heures de l'après-midi, je suis arrivé à Yuma. Les campings de chaque côté de l'autoroute, juste avant la ville, sont particulièrement déprimants : d'énormes caravanes s'y alignent comme des éléphants dans une boîte de sardines. Le campeur moyen devait être au moins septuagénaire.

Et puis, la Californie était toute proche. J'ai décidé de continuer encore une heure ou deux, à la recherche d'un camping plus sauvage.

À la frontière entre l'Arizona et la Californie, j'ai tout à coup aperçu de la fumée dans le rétroviseur. Je croyais que la fumée venait du moteur. J'ai stoppé sur l'accotement de l'autoroute.

Le spectacle qui m'attendait lorsque je suis sorti de la voiture m'a fait dresser les cheveux sur la tête : le coffre en fibre de verre, à l'avant de la caravane, qui abritait la bonbonne de gaz propane, flambait. De grosses flammes jaunes et rouges en sortaient, au milieu d'une épaisse fumée noire.

J'ai pensé un instant à fuir avant que la bonbonne n'explose. Mais j'avais un extincteur dans la caravane. Je suis allé le chercher. Une petite patte de plastique bloquait le bouton. Je l'ai brisée, j'ai pointé l'extincteur vers les flammes, j'ai poussé sur le bouton. Rien n'est sorti.

Affolé, j'ai couru sur l'autoroute en agitant les bras. Un camion et une voiture se sont arrêtés. Une femme s'est approchée avec une couverture, et un homme muni d'un extincteur a lancé sur le coffre un épais jet de mousse blanche. Les flammes ont aussitôt diminué considérablement.

Il y en avait encore. Et la bonbonne de gaz risquait d'exploser. Je m'étonnais que personne ne songe à fuir.

— Ouvrez! m'a ordonné l'homme à l'extincteur.

J'ai ouvert le coffre, convaincu que tout allait nous sauter sous le nez.

L'homme a continué d'appuyer sur le bouton de son extincteur. Les flammes se sont éteintes. Tant que la mousse blanche a jailli de l'extincteur, il en a aspergé l'avant de la caravane.

L'incendie était maîtrisé. J'ai expliqué à mon sauveteur que mon extincteur ne fonctionnait pas. Il l'a essayé : il marchait parfaitement. J'avais, dans l'excitation du moment, appuyé du mauvais côté.

L'avant de la caravane était dans un état pitoyable. La fibre de verre noircie était profondément brûlée, le pare-brise gauchi, le coffre à moitié fondu et son contenu carbonisé — à l'exception de la bonbonne de gaz, qui avait bien résisté à l'incendie. «C'est fait exprès», m'a dit l'homme.

La femme à la couverture m'a conseillé d'ouvrir les fenêtres sans tarder pour éviter que l'odeur de brûlé ne s'incruste. Ce que j'ai fait.

J'ai remercié mes sauveteurs et j'ai attendu une bonne demi-heure, pour m'assurer que l'incendie ne reprendrait pas et dans l'espoir que la police arriverait pour un constat.

Comme elle ne se montrait pas, j'ai repris la route et fait demi-tour au premier viaduc. Un peu plus tôt, près de Yuma, j'avais vu plusieurs détaillants de véhicules de loisirs. J'en ai trouvé un qui annonçait la réparation de caravanes.

La patron de l'établissement a rapidement estimé les dommages à mille deux cents dollars et le délai de réparation à sept ou huit jours. J'ai téléphoné à mon assureur, qui m'a donné le feu vert, à condition que je prenne des photos.

— Venez voir, m'a dit ensuite le réparateur.

Je l'ai suivi à l'avant de la caravane. Il m'a montré les restes carbonisés du coffre.

—C'est votre réchaud portatif, qui était placé en travers de la batterie. Il a touché les deux bornes. Ça a fait des étincelles…

Je gardais aussi en cet endroit le charbon de bois du barbecue et l'allume-feu liquide. Il n'en avait pas fallu plus. Mais qui a placé le réchaud de cette manière ? En général, c'est moi qui le range — en position verticale. Ce matin, c'est peut-être Sébastien qui s'en est occupé.

Tout bien considéré, j'ai eu de la chance que cet incendie se soit déclaré si près de Yuma. Deux heures après l'accident, les réparations sont commencées. Si l'incendie avait eu lieu en chemin pour le

Grand Canyon, je serais probablement encore en train de chercher quelqu'un pour réparer la caravane — à moins qu'elle n'ait été complètement détruite parce que j'aurais manqué d'aide sur une route déserte, à appuyer comme un imbécile sur le mauvais côté du bouton de l'extincteur.

Le 25 décembre 1988

Je passe la semaine dans un motel de Yuma, à regarder la télévision en couleurs. J'ai même la télé payante, et j'en profite pour faire provision de cinéma.

L'ordinateur est installé sur une table, dans un coin de la chambre. Je me dis au moins dix fois par jour que c'est le moment ou jamais de me lancer à fond dans la rédaction d'un roman. Mais je n'en fais rien même si je n'ai rien d'autre à faire.

La seule lecture qu'il me reste — *À la recherche du temps perdu* — me fait bâiller à m'en décrocher la mâchoire. Ce qui m'ennuie par-dessus tout, c'est d'être à Yuma, capitale mondiale des retraités, qui affluent ici parce que c'est en cette saison l'endroit le plus chaud au nord du Mexique. Heureusement, il y a ici beaucoup de vieux, pas riches ou radins, et les restaurants du coin sont spécialisés dans les buffets bon marché.

Pour fêter la veille de Noël, je suis allé prendre un verre dans un bar. J'ai joué trois parties de billard. Deux contre un Mexicain rigolo. J'ai perdu, puis gagné. Et une contre une petite vieille bourrée et maladroite, qui clamait constamment qu'elle n'avait pas de chance. Je l'ai vaincue sans pitié.

Joshua Tree
(CALIFORNIE)

Le 28 décembre 1988

La caravane n'a pas trop souffert de l'incendie. Le réparateur n'avait pas de pièce pour remplacer le pare-brise partiellement noirci. Il l'a redressé suffisamment pour le rendre à peu près étanche. J'essaierai d'en trouver un neuf de retour au Canada. Le coffre avant était irrécupérable. À sa place, le réparateur a fixé directement sur le timon une batterie et une bonbonne toutes neuves.

Le « monument national Joshua Tree », où je viens de m'installer, doit son nom à l'arbre de Josué, un cactus fort bizarre qui fait penser à un arbre dont chaque branche serait couronnée d'un ananas.

En traversant le parc du sud au nord, j'en ai eu plein la vue. Montagnes, déserts, jardins de cactus. Dans certains secteurs, une belle jeunesse s'agrippe aux parois escarpées qui ont fait de ce parc un des rendez-vous préférés des amateurs d'escalade. Il y a plusieurs filles, même si les garçons sont en majorité.

Dans le secteur Indian Cove où je suis installé pour la nuit — un endroit magnifique, entouré de murailles rocailleuses arrondies par l'érosion et auquel on a donné le surnom de «Wonderland of rocks»—, un groupe de *marines* s'exercent sur de petits rochers ridicules, alors que les civils s'attaquent à des parois dix fois plus hautes.

Le 29 décembre 1988

On dirait qu'une fée bienveillante — à moins que ce ne soit une méchante sorcière — a lié mon sort à celui de Sébastien Mauro.

En me levant ce matin, je suis allé me promener malgré ma douleur à la cheville, qui ne me lâche plus par temps humide. Mais je ne vais pas devenir totalement sédentaire à cause d'une blessure stupide.

À l'autre bout du camping quasi désert, j'ai vu de loin une petite tente qui me rappelait celle d'Alice Brodeur. Comme je m'approchais, une fille en est sortie. Elle avait une allure tout à fait californienne — belle, bronzée, blonde, saine et athlétique. Derrière elle, un homme a rampé lui aussi hors de la tente.

C'était Sébastien. Lui et Kim se sont connus au fond du Grand Canyon. Il y a là un petit terrain de camping, qu'on ne peut atteindre qu'à pied ou à dos de mule. La fille avait une tente. Pas lui. Ils ont ensuite décidé de faire un bout de chemin ensemble. Ils sont arrivés ici hier, comme moi. Ils repartent demain, comme moi. J'ai offert de les emmener. Sébastien a refusé, sous prétexte qu'il ne veut pas me déranger.

Je lui ai raconté ma dernière mésaventure. Il prétend ne pas se rappeler, lui non plus, lequel de nous deux a rangé le réchaud dans le coffre de la caravane.

San Clemente
(CALIFORNIE)

Le 30 décembre 1988

Ce matin, je suis allé boire mon café sur un rocher facile à escalader. De loin, j'ai pu observer Sébastien et Kim qui démontaient leur tente.

Dès que j'ai vu qu'ils se mettaient en route, je me suis mis au volant. Je les ai rattrapés à un kilomètre au-delà de la limite du parc. En entendant approcher un véhicule, Kim s'est retournée, pouce dressé.

Je les ai fait monter. J'avais libéré le siège avant de la paperasse qui avait recommencé à l'encombrer. Kim s'y est assise et Sébastien a pris place derrière.

À cause de Kim, nous parlions anglais — langue que je maîtrise beaucoup mieux que Sébastien. Et rien ne m'était plus agréable que de parler de tout et de rien avec une jolie jeune femme (elle est du Montana, pas de la Californie), tandis que Sébastien prenait son air bougon et taciturne.

Nous roulions dans une région désertique, où ne végétaient que quelques cactus au milieu des buissons secs.

— Ça me fait penser à l'Algérie, a dit Sébastien.

— Pourquoi ? a demandé Kim.

— Les gens.

Elle a ri. Pourtant, il n'y avait personne. Il m'a fallu un petit moment pour saisir cette pointe d'humour.

Un peu plus tard, j'ai demandé à Sébastien :

— Tu as fait l'Algérie ?

Il n'a pas répondu.

Le 31 décembre 1988

À une centaine de kilomètres au sud de Los Angeles, le parc d'État de San Clemente est perché sur une falaise qui domine une immense plage fréquentée par des surfeurs obstinés, qui ne parviennent jamais à rester plus de trois secondes sur leur planche, tellement la mer est agitée et le vent puissant.

Si on a la chance de trouver un emplacement sur le bord de cette falaise, on a une vue imprenable. D'un côté, le Pacifique avec ses moutons blancs ; de l'autre, la ville de San Clemente, dont les maisons à flanc de colline, avec leurs murs ocres et leurs toits de tuiles rouges, donnent au paysage un cachet tout à fait méditerranéen.

Le jour, on entend les aboiements des lions de mer qui se chauffent au soleil sur un rocher non loin du rivage.

Sébastien et Kim ont planté leur tente dans le secteur réservé aux cyclistes et aux randonneurs. J'ai installé la caravane tout près de la falaise.

Il s'est mis à pleuvoir peu après notre arrivée, hier. J'ai invité Sébastien et Kim à dîner dans la caravane. Sébastien a refusé. Ce matin, j'ai demandé à Kim s'ils voulaient partager mon petit-déjeuner. Elle a accepté.

Cet après-midi, dès que j'ai vu Sébastien se diriger vers les toilettes, je suis allé dire à Kim que je les invitais à fêter le Nouvel An avec moi. J'ai encore le temps de faire des courses.

Le 1er janvier 1989

Hier après-midi, j'ai fait une razzia dans les magasins de San Clemente. Trois bouteilles d'un bon mousseux californien. Une boîte de foie gras du Périgord. Un Sauterne. Un tas d'autres trucs à manger, à grignoter, à boire. Et des chandelles pour nous éclairer.

La petite fête a été, au départ, plutôt réussie.

— À la première femme jamais invitée dans ma caravane, j'ai dit en portant le premier toast.

Kim m'a regardé avec de grands yeux ronds.

— Tu veux dire que pas une femme n'a encore baisé là-dedans ?

J'ai acquiescé. Kim a semblé tout à fait épatée de la chose.

Elle a roulé un énorme joint qui a, encore plus que le mousseux, contribué à notre bonne humeur. Kim n'arrivait pas à croire que je n'avais que des cassettes de musique classique. Elle a tenu à toutes les essayer, comme si elle ne croyait pas les inscriptions sur les boîtiers et les étiquettes. «Shit!» ou «Fuck!» ou «Fuckin' shit!», s'exclamait-elle dès que se faisaient entendre les premières mesures d'un autre concerto pour piano de Mozart ou d'une énième symphonie de Beethoven.

Je crois que j'étais, malgré sa naïveté inculte ou peut-être à cause d'elle, en train de tomber amoureux.

Mais cette veillée de la Saint-Sylvestre ne s'est pas déroulée comme je l'avais souhaité.

Quelques minutes avant minuit, je suis allé aux toilettes pour être sûr d'être de retour avant la fin de l'année. En revenant, j'ai ouvert la porte et l'ai refermée aussitôt.

Kim et Sébastien étaient en train de baiser — sur ma table, dans ma caravane, à la lueur de mes chandelles.

Il était passé minuit quand j'ai enfin pu rentrer chez moi, embrasser Kim sur la joue et serrer la main de Sébastien.

Lorsqu'ils sont partis, j'ai ramassé dans l'évier un condom dégoulinant.

Malibu
(CALIFORNIE)

Le 12 janvier 1989

Tout a commencé par des bouts de conversation tout à fait anodins, tandis que nous roulions sur une autoroute qui contournait interminablement Los Angeles.

Je pensais à Kim et à son départ soudain, trois jours plus tôt si je comptais bien. La veille elle y était et le lendemain Sébastien m'annonçait qu'elle était partie. Par je ne sais quel enchaînement d'idées, il m'est venu à l'esprit qu'il avait pu la faire disparaître. Oui, la tuer. Peu importe comment et pourquoi, je me suis mis à imaginer que Sébastien avait pu se quereller avec elle, la tuer d'un coup de couteau ou de n'importe quelle autre manière.

J'avais une idée de roman policier. Un voyageur recueille un couple de jeunes auto-stoppeurs. Pour une raison ou pour une autre, le garçon tue la fille et attache son corps sous la caravane du voyageur avant de disparaître. Le voyageur continue de faire le tour des États-Unis en pestant contre les animaux sauvages qui, à chaque étape, rôdent, de plus en plus nombreux et insistants, autour de sa caravane.

Je ne savais pas — et ne sais toujours pas — ce qui se passerait ensuite dans ce roman. Mais je me disais qu'un petit roman policier pas trop compliqué serait peut-être le meilleur moyen de me tirer de ma panne d'écriture. Cette histoire m'avait toutefois mis dans la tête que Sébastien pouvait être un assassin.

C'est le moment qu'il a choisi pour me dire :

— Tu sais que c'est grâce à toi que je suis maintenant un homme libre ?

— Oui ?

— C'est toi qui m'as surnommé Mauro-vaches.

— Je pensais que c'était Cazelais ?

Je ne mentais pas. Il me semblait bien que c'était plutôt Raymond Cazelais, un chef de publicité pas particulièrement brillant, qui avait trouvé ce surnom pas particulièrement brillant, lui non plus, allusion peu subtile au fait que Sébastien Mauro n'était pas le plus enthousiaste des rédacteurs publicitaires. Mais il avait peut-être raison : je pouvais en avoir été l'auteur.

— Ce n'était pas bien méchant.

— Non. Mais c'est un peu à cause de ce surnom-là que j'ai senti que je n'étais pas à ma place chez MTL. Ou n'importe où en pub. Autrement, je serais peut-être encore dans une agence, en train de chercher un nouveau moyen de vendre une vieille marque de bière.

Nous en sommes restés là pour un long moment. La circulation était de plus en plus lente. À gauche, de l'autre côté de l'autoroute, nous avons fini par apercevoir plusieurs voitures de police entourant une Corvette à l'avant défoncé. Il y avait un homme — mort, sûrement — à plat ventre sur la chaussée. Et des agents achevaient de dérouler un long ruban jaune pour empêcher la foule de s'approcher. Le bouchon, de notre côté, était simplement causé par des conducteurs qui ralentissaient pour regarder la scène. Cela a dû nous rappeler les files d'automobilistes qui s'arrêtent devant les ours de Yellowstone pour les photographier, car Sébastien m'a demandé aussitôt :

— Passes-tu par Yellowstone ?

J'ai d'abord répondu que non. Un instant plus tard, je n'étais plus tout à fait sûr que je n'irais pas à Yellowstone. L'endroit ne m'intéressait pas au plus haut point. Mais je devinais que Sébastien songeait à se séparer de moi pour y aller, lui. Et je me suis mis à envisager sérieusement de faire le détour. J'ai même pensé tout haut :

— C'est bizarre. Quand tu es avec moi, il ne m'arrive jamais rien. Lorsque je suis tout seul, on me dégonfle mes pneus, ou je passe à un cheveu de me faire voler la Mustang et la caravane…

Sébastien n'a rien dit. La circulation s'est quelque peu dégagée.

Loin à droite, les gratte-ciel de Los Angeles m'ont fait penser à Montréal.

— Des fois, j'ai dit plus ou moins sérieusement, j'ai presque hâte de revoir Montréal. Toi, depuis quand es-tu sur la route ?

— La fête du Travail.

Sébastien Mauro était à Montréal quand j'en étais parti ?

Parce qu'il faisait du stop, j'avais toujours eu l'impression qu'il voyageait plus lentement que moi et que je l'avais rattrapé en Floride. Au contraire, c'est lui qui avait quitté Montréal le dernier.

C'est alors que tout s'est enchaîné — comme dans un roman policier, lorsque naissent les premiers soupçons sur l'identité du coupable et qu'on se remémore un à un tous les indices que l'auteur a semés au fil des pages précédentes.

Si j'avais des ennuis uniquement lorsque Sébastien n'était pas en ma compagnie, ce n'était peut-être pas une coïncidence.

Il était à Montréal au moment de mon départ. Il avait pu crever les pneus de la caravane, puis me rattraper en Virginie et détacher la caravane. Ensuite, dégonfler les pneus de la Mustang — d'abord à Edisto, puis en Floride. Comme il voyageait en stop, sans plaque d'immatriculation québécoise, il n'était pas étonnant que je ne l'aie pas vu. Un auto-stoppeur n'est visible que lorsqu'il fait du stop sur le bord de la route. Je ne l'avais donc remarqué qu'au moment où lui-même avait choisi que je l'aperçoive — à Pensacola, après qu'il eut encore dégonflé mes pneus à plusieurs reprises. Et tout à coup, comme par miracle, j'avais eu la paix tant qu'il avait voyagé avec moi. Aucun problème ensuite, jusqu'à la tentative de vol à Big Bend, lorsqu'il m'avait quitté encore. Était-ce lui, l'ombre que j'avais vue s'enfuir ? Peut-être bien. Il pouvait aussi avoir mis par exprès le réchaud en travers des bornes de la batterie, près de l'allume-feu et du charbon de bois. Maintenant que je l'avais rattrapé, mes problèmes s'étaient de nouveau évanouis.

Peu à peu, la vérité se révélait à moi, tandis que nous roulions au pas, dans la circulation ralentie par un autre bouchon.

Par exemple, Sébastien Mauro connaissait Larry Sirois, qui était passé à un cheveu de l'engager. Il avait pu obtenir mon itinéraire. Il lui était donc facile de me rattraper à chaque étape ou presque. Perpétrer des méfaits à la faveur de la nuit, rien de plus facile pour un type qui a fait la guerre d'Algérie ! Mille fois plus facile, en tout cas, que pour Alice Brodeur que j'avais trop rapidement soupçonnée.

Quant aux raisons qui pouvaient pousser Sébastien Mauro à me tourmenter, j'avais l'embarras du choix. Il avait pu apprendre que j'avais conseillé à Larry Sirois de ne pas l'embaucher. Il pouvait connaître Judith Archambault ou Laurette Larose. Il pouvait avoir lu mes romans et les détester suprêmement (quoique, je suis le premier à le reconnaître, les cas de lecteurs se vengeant sur les mauvais auteurs sont extrêmement — sinon exagérément — rares dans l'histoire de la littérature). Surtout, il y avait « Mauro-vaches » ! Ce surnom, il l'avouait, l'avait forcé à se transformer en vagabond sans le sou.

Tandis que nous dépassions Los Angeles, puis Santa Monica, à la recherche du parc d'État Leo Carillo, je me suis souvenu d'un cas semblable : le mien. J'en ai toujours voulu à mon père de m'avoir prénommé Bernard, depuis ce jour de rentrée au collège où un professeur avait pris les présences en nommant chaque élève par l'initiale de son prénom suivie de son nom de famille.

— B. Cossette ? avait-il appelé quand était venu mon tour.

— Présent!

— Petite bécosse, avait murmuré une voix derrière moi, assez fort pour que la moitié de la classe l'entende et se mette à rigoler de gloussements stupides, tandis que le professeur me regardait d'un œil noir comme si j'avais fait exprès pour faire rire mes camarades.

Le surnom «Bécossette» m'est resté pendant toutes mes années de collège et d'université. J'avais beau être presque premier de classe, faire des efforts surhumains pour jouer convenablement au hockey, m'habiller de la façon la plus anonyme possible, rechercher la compagnie de mes condisciples les plus branchés ou les plus conformistes, il n'y avait rien à faire : ce surnom me collait après, comme une deuxième peau. Le pire, c'est que je n'ai jamais réussi à découvrir quel élève avait dit «petite bécosse» la première fois, et je n'ai eu ainsi aucune possibilité de me venger de lui, ni même de lui en vouloir personnellement. Ce fut mon père qui devint l'objet de mon animosité. Je savais bien qu'il n'avait pas fait exprès de me nommer B. Cossette. Mais je lui en voulais, viscéralement. Au point de me réjouir lorsqu'il est mort, emporté par l'emphysème.

Ce n'est qu'en sortant de l'université pour entrer au service de ma première agence de publicité — Brownfield & Jones — que j'ai enfin eu l'occasion de me débarrasser de mon surnom par une astuce qui m'évita de voir «B. Cossette» sur toutes les listes de copies conformes des notes de service et des procès-verbaux. Je me suis fait appeler Bernard F. Cossette, et le problème est disparu à tout jamais.

N'empêche que même aujourd'hui, quand je vois des toilettes sèches extérieures — ces malodorantes «back houses» qui sont justement à l'origine du mot «bécosse» —, je maudis la mémoire de mon père.

Et je comprends mieux que personne à quel point Mauro-vaches peut m'en vouloir de lui avoir infligé ce surnom.

Je songeais à tout cela tandis que Sébastien, assis à côté de moi, regardait le paysage, l'atlas déployé sur les genoux à la page de la Californie.

Je songeais surtout à Alice Brodeur. Pendant quelques instants, le sentiment de culpabilité qui m'envahissait chaque fois que je pensais à elle m'a submergé. Mais la culpabilité a vite fait place à la rage : c'était à cause de Sébastien Mauro que j'avais envoyé sa voiture dans le canal, alors que je m'apprêtais justement à faire plus ample connaissance avec elle. Qui sait, peut-être cela avait-il mis fin au grand amour de ma vie ? Et je me suis mis à le détester profondément.

À quoi veut-il en arriver avec moi ? Pas seulement à me faire rebrousser chemin. Je suis à l'autre bout de l'Amérique ; quelle satisfaction tirerait-il de me forcer à rentrer chez moi, maintenant ? Il doit chercher une vengeance exemplaire — laquelle ?

C'est alors que la réponse m'est tombée dessus comme une tonne de briques : Sébastien Mauro veut ma mort. Il a tenté de saboter ma voiture, mais ça n'a pas réussi. Le réchaud placé en travers des bornes de la batterie dans l'espoir de faire exploser la bonbonne de gaz a échoué, lui aussi. Chaque fois que je le retrouve comme par hasard, ce n'est pas du hasard. C'est lui qui le veut parce qu'il cherche un nouveau moyen d'exercer sa vengeance.

— Quelque chose ne va pas ? m'a-t-il demandé, peu après qu'on eut traversé la petite ville de Malibu.

— Moi ? Non. Un peu fatigué, peut-être.

— Tu veux que je conduise ?

Je n'ai pas répondu. Je me suis arrêté à une station-service. Après avoir fait le plein, j'ai fait semblant de procéder à un examen général de la caravane. Et je me suis penché nonchalamment pour regarder dessous.

Le cadavre de Kim n'y était pas, bien entendu. Sébastien m'a par contre fait remarquer que la porte semblait avoir été forcée. Comme si je n'avais pas assez d'ennuis comme ça ! Mais ce n'est pas bien grave : seul le haut de la porte ferme mal.

— On n'a qu'à poser un verrou, a suggéré Sébastien.

Le 14 janvier 1989

Après avoir passé, hier soir, plus d'une heure à raconter à mon ordinateur mes soupçons à l'égard de Sébastien Mauro, je me suis couché et je suis parvenu à me convaincre qu'il est le plus pacifique des individus. Ses accès de violence sont rares. En fait, la seule fois que je l'ai vu brutal, à Grand Isle, c'était pour me protéger. S'il avait voulu que je meure, il n'avait qu'à laisser faire le gros type. Mais aurait-il été vraiment vengé si quelqu'un d'autre lui avait volé sa vengeance ?

En me levant, j'ai tenté de reprendre le cours de la vie normale. Sébastien avait fait du café. Nous l'avons bu ensemble. Malibu est trop loin pour que j'aille y chercher le journal. Sébastien était d'excellente humeur et j'ai retrouvé peu à peu la mienne. Après le petit-déjeuner, j'ai essayé de courir dans le camping. Je n'ai pas fait vingt pas : j'ai ressenti un coup de couteau dans la cheville, plus mordant que jamais.

Par contre, si je me contentais de marcher, la douleur disparaissait presque entièrement.

J'ai emprunté le sentier qui monte derrière le camping. La pente est abrupte et on domine bientôt le paysage : l'océan qui vient se briser sur la plage, le parc coincé dans le ravin comme une oasis, et les hautes collines à l'intérieur des terres, où les rares maisons doivent jouir d'une vue incroyablement belle et d'une paix absolue. Loin au sud, un nuage brunâtre, bas à l'horizon, rappelle la proximité de Los Angeles.

En approchant du sommet, j'ai rejoint Sébastien. J'ai ralenti le pas, je me suis efforcé de me pencher avec lui sur les rares fleurs et sur les crottes d'animaux sauvages qu'il examinait comme s'il se prenait pour le dernier des Mohicans.

Sébastien a fait une pause. À nos pieds, une pente à pic dégringolait vers le fond d'un canyon asséché. Une chute en cet endroit aurait été mortelle. J'ai été incapable de m'approcher de lui. Je suis resté à cinq pas au moins, prêt à courir sur ma cheville blessée s'il avait fait mine de me toucher.

A-t-il remarqué quelque chose ? C'est difficile à dire. De retour à la caravane, je me suis installé pour écrire et Sébastien s'est éloigné.

Et je reste là, à scruter l'écran, comme s'il pouvait me dire si je deviens paranoïaque ou si ma vie est réellement en danger. Chaque minute qui passe me voit changer d'avis.

Big Sur
(CALIFORNIE)

Le 19 janvier 1989

À première vue, j'ai été déçu de Big Sur. J'avais imaginé une route vertigineuse sur des falaises surplombant l'océan, alors qu'elle se contente de serpenter dans une forêt de séquoias d'où on n'aperçoit jamais la mer. Seul hommage visible au grand écrivain du lieu : la « Bibliothèque commémorative Henry Miller », dans un petit bâtiment de rondins. Nous ne l'avons pas visitée.

Nous avons fait le tour du parc d'État Pfeiffer Big Sur. Il n'est pas mal, avec ses immenses séquoias, mais l'horizon est bloqué de tous les côtés par les collines et par les arbres. C'est tout juste si on aperçoit quelques coins de ciel çà et là à travers les hautes branches.

— J'aurais préféré le bord de la mer, j'ai grimacé.

— On n'a qu'à essayer les chemins de l'autre côté de la route, a suggéré Sébastien.

— On peut toujours.

Le premier petit chemin était marqué d'une enseigne «PRIVATE». Sébastien a insisté pour qu'on l'explore quand même. Après un moment, nous sommes arrivés devant une grande maison. Sur une échelle, un homme qui repeignait la façade nous a regardés avec hostilité. Nous avons fait demi-tour. Un second petit chemin, sans enseigne aucune, n'était que deux traces de roues dans des herbes folles. J'y ai roulé précautionneusement et nous sommes bientôt arrivés sous de hauts arbres bordant un espace dégagé par les grands vents soufflant du Pacifique.

C'est un endroit extraordinaire, avec une vue à couper le souffle. J'ai installé la caravane sous le dernier séquoia, juste avant une pente qui descend doucement vers la falaise.

Sébastien a encore examiné la porte de la caravane. Il m'a conseillé de ne pas trop tarder à poser un verrou. D'après lui, la porte, qu'il peut surveiller par le rétroviseur extérieur, vibre de plus en plus quand nous sommes en route.

À la quincaillerie du village, Sébastien m'a recommandé un verrou à cadenas. Avec un cadenas en plus de la serrure, la caravane sera mieux protégée des voleurs quand je m'en éloignerai.

J'ai aussi acheté une perceuse à piles, même si Sébastien m'affirmait qu'un clou et un marteau suffiraient pour percer les trous des vis. De retour sur la falaise, il a commencé à poser le verrou sans que je lui aie rien demandé.

C'est en le regardant faire que j'ai compris où il veut en venir.

Jusqu'à présent, il était impossible d'enfermer quelqu'un dans la caravane. De l'intérieur, la poignée dégage la serrure lorsque celle-ci est fermée à clé. Avec le nouveau verrou, Sébastien n'a qu'à me laisser entrer. Il pousse la tige, met le cadenas. Ensuite, il n'a plus qu'à pousser la caravane vers la falaise.

Sébastien a terminé son travail avant de préparer son hachis au corned-beef — moins délicieux que d'habitude, m'a-t-il semblé.

Nous nous sommes assis sur la falaise, dans les fauteuils pliants, avec le Pacifique à nos pieds, pour regarder le soleil se coucher. La nuit est tombée, noire. Le vent s'est tu. Le silence était total, à part le bruissement des vagues qui venaient mourir au pied de la falaise.

— Quelqu'un sait que je voyage avec toi ? a demandé Sébastien tout à coup.

— Non, j'ai répondu sans réfléchir.

Aussitôt, j'ai eu l'impression d'avoir signé mon arrêt de mort. Si personne ne sait que Sébastien voyage avec moi, rien de plus simple pour lui que de me faire disparaître sans éveiller de soupçons.

Après quelques instants, j'ai essayé de me rattraper.

— J'ai parlé de toi à Larry Sirois, au téléphone, à El Paso.

— Larry Sirois ?

— Le type d'Entre Deux Oreilles, qui voulait t'engager.

Deuxième gaffe — pire encore, celle-là, parce que cela revient à avouer que c'est à cause de moi s'il n'a pas été embauché.

Il n'a rien dit.

J'ai eu envie de lui demander s'il avait parlé de moi à quelqu'un. Mais il lui aurait été trop facile de mentir.

J'ai attendu qu'il aille se coucher le premier. Pas question que j'entre dans la caravane avant lui.

Carmel
(CALIFORNIE)

Le 21 janvier 1989

Nous avons passé presque toute la journée d'hier sur la falaise de Big Sur, toujours en silence, dans nos fauteuils pliants, comme si nous étions en train de nous épier l'un l'autre.

J'avais mal dormi — peut-être pas du tout —, à prêter l'oreille au moindre bruit. Sébastien a ronflé, lui. Ou fait semblant.

Vers midi, lorsqu'il m'a demandé s'il restait de la bière, j'ai failli me lever pour aller en chercher dans le frigo. C'était sûrement ce qu'il voulait. J'ai répondu qu'il n'y en avait plus. Et j'ai été sur mes gardes toute la journée. Je ne suis pas entré une seule fois dans la caravane. Lorsque Sébastien m'a appelé pour dîner, je lui ai demandé de m'apporter mon assiette dehors.

Il se doutait sûrement de quelque chose. Il m'a demandé à deux reprises si j'allais bien. Je lui ai répondu qu'il n'y avait pas de problème. Mais il était évident que je ne pouvais pas continuer comme ça. Une nuit de plus et je devenais fou.

— Préfères-tu que je m'en aille ? a offert Sébastien.

— Mais non, où vas-tu chercher ça ?

Tant que je l'avais sous les yeux, je pouvais me protéger de lui.

Après le dîner sur la falaise, j'ai décidé d'aller trouver la *highway patrol*.

— Je vais faire un tour en ville. Tu viens ? ai-je offert à Sébastien en espérant qu'il refuserait.

Il a refusé. Dans la voiture, sur la grand-route, j'ai imaginé le dialogue suivant avec un membre de la brigade routière californienne :

— Que puis-je faire pour vous, monsieur ?

— Un de mes amis veut me tuer.

— Comment ?

— En me poussant dans ma caravane, du haut de la falaise.

— Et pourquoi veut-il vous tuer ?

— Parce que je lui ai donné un surnom.

— Lequel ?

— Un surnom français. C'est intraduisible.

— Je vois. Voulez-vous qu'on envoie quelqu'un pour parler à votre ami ?

— Non. Laissez tomber. Je crois qu'on va essayer de s'entendre.

— C'est toujours la meilleure chose à faire.

J'ai renoncé à voir la police.

Au premier bar, j'ai pris trois bières en m'efforçant d'étudier calmement ma situation. D'abord, se pouvait-il que mon imagination me joue des tours et que Sébastien Mauro n'ait aucune intention de me tuer ?

Non. Tout concordait. Personne d'autre que lui ne pouvait m'avoir causé tous ces ennuis depuis quatre mois. Le verrou à cadenas ne pouvait servir qu'à une chose : m'enfermer dans la caravane. Et la porte — j'aurais pu y penser plus tôt — a sûrement été brisée par Sébastien lui-même.

J'ai été tenté de partir avec la Mustang et d'abandonner sur la falaise la caravane et Sébastien. Mais cela ne l'empêcherait aucunement de me rattraper à Montréal.

Je suis allé le retrouver sur la falaise. Il était toujours sur son fauteuil pliant et écrivait dans son cahier — un rouge, celui-là — devant le coucher de soleil. J'avais acheté un *six-pack*. J'ai passé une bière à Sébastien et je m'en suis ouvert une à moi aussi.

— Je vais aller porter les autres au frigo, a-t-il offert en prenant le sac.

Il s'est levé, a laissé son cahier sur la chaise et est entré dans la caravane en fermant la porte derrière lui. Je l'ai suivi. J'ai tiré le verrou, tout doucement pour ne pas faire de bruit, j'ai inséré la tête du cadenas dans les trous, j'ai poussé pour le fermer.

J'ai couru au timon de la caravane, je l'ai soulevé et je me suis mis à pousser de toutes mes forces.

— Qu'est-ce que tu fais ? a demandé Sébastien.

— Je pense qu'on va être mieux par là.

Il y avait quelques mètres de terrain à peu près plat avant la descente vers la falaise. Ç'a été le plus dur. Pourtant, soit qu'il ait été plus facile que je ne l'imaginais de pousser la caravane, soit qu'un sursaut d'adrénaline m'ait donné une force que je ne me connaissais pas, je parvenais à avancer à grands pas.

— Ça va pas, la tête ? a crié Sébastien en me regardant par le coin le moins noirci du pare-brise.

Je poussais la caravane de plus en plus rapidement, à mesure que s'amorçait la descente. Je crois que si j'avais voulu changer d'avis, il ne m'aurait plus été possible de la retenir. De toute façon, je n'avais pas envie de changer d'avis. Sébastien me regardait de l'intérieur, horrifié. Il a secoué la porte de toutes ses forces. En vain.

J'ai glissé dans l'herbe et lâché le timon de la caravane, qui s'est mise à rouler de plus en plus vite. Elle avait une cinquantaine de mètres à faire avant le bord de la falaise. Il suffisait de quelques secondes encore avant que je sois débarrassé pour de bon de Mauro-vaches.

Je l'ai vu, à l'intérieur, qui cherchait à prendre son élan pour enfoncer la porte. Il a disparu de ma vue un instant. Sans doute avait-il trébuché. Il s'est relevé, a donné un premier coup d'épaule contre la porte, qui a tenu. Il a repris son élan, et cette fois les charnières de la porte ont cédé, le haut n'étant plus retenu que par le verrou. Mais la caravane était arrivée au bout de sa course. Sébastien est tombé dans le vide. L'un comme l'autre ont disparu de ma vue.

Le cœur battant, je me suis approché de la falaise. Et si Sébastien était parvenu à s'accrocher à un buisson ? J'ai ramassé un bout de bois bien solide.

Je suis arrivé au bord. Personne. La caravane flottait encore à moitié, secouée par la mer. Un instant, j'ai cru apercevoir un corps qui disparaissait dans les flots. Puis plus rien. Ni corps ni caravane. Que des vagues énormes qui se brisaient au pied de la falaise en soulevant des montagnes d'écume.

Je suis allé chercher le cahier rouge que Sébastien avait laissé sur sa chaise. Je l'ai jeté à la mer, en disant — à haute voix, je crois :

— Avec les compliments d'Alice Brodeur.

J'ai aussi jeté à la mer un fauteuil pliant et placé l'autre derrière les sièges, dans la Mustang, alors qu'il était jusque-là rangé sous la table, dans la caravane.

J'écris ces lignes dans un motel de Carmel. Dans quelques jours, je téléphonerai à ma compagnie d'assurances pour l'aviser qu'on m'a volé la caravane en Oregon.

Demain, j'achèterai une petite tente et un matériel de camping rudimentaire : un petit réchaud, des bonbonnes de gaz, des gamelles. Il me reste suffisamment de vêtements dans le coffre de la voiture. Je n'ai aucune raison de ne pas poursuivre mon voyage.

Montréal

Le 14 mars 1989

Il y a presque un mois que je suis rentré de la côte du Pacifique.

Je ne me suis servi de ma tente toute neuve que trois nuits, en Oregon, où il pleuvait sans arrêt. Dans un bar, à Astoria, les gens de l'endroit m'ont laissé entendre que la pluie pouvait fort bien continuer encore pendant des semaines entières. Je suis parti en obliquant vers les Rocheuses au lieu de poursuivre vers le nord par la côte, renonçant ainsi à quelques États longeant la frontière canadienne pour les remplacer par ceux du rang suivant.

Pour rentrer à Montréal, j'ai mis six jours, en roulant sans arrêt jusqu'à la tombée de la nuit et en couchant dans des motels bon marché.

Aucune journée de ce voyage n'a toutefois été plus abominable que celle de mon arrivée à Montréal.

Monsieur Casaubon, le concierge, m'a remis un sac-poubelle rempli de courrier, et s'est étonné de me revoir si tôt, alors que je ne devais rentrer qu'en avril.

— C'est un peu dur de vivre comme ça, tout seul, loin de tout le monde, lui ai-je expliqué parce que j'avais commencé à le croire.

— Et votre caravane ? s'est-il inquiété en étirant le cou vers la Mustang stationnée toute seule devant l'entrée.

— Vendue.

Je suis monté chez moi, j'ai dépouillé mon courrier.

L'enveloppe de la Commission du droit de prêt public a été la première ouverte. J'ai droit, à titre d'indemnisation pour l'emprunt de mes œuvres, à un chèque de plus de mille dollars, puisque mes livres sont présents dans la majorité des bibliothèques sondées.

Deuxième enveloppe ouverte : celle provenant du Conseil des Arts du Canada et m'annonçant qu'on me refusait la bourse demandée. Cela tombait bien : j'aurais été très embarrassé de me sentir forcé d'écrire.

J'ai aussi rapidement ouvert un paquet contenant mon tee-shirt de la Coupe Cajun. Trop petit.

Ensuite, rien de spécial à première vue. J'avais bien planifié mon voyage et réglé d'avance toutes mes factures. Je n'avais oublié qu'une police d'assurance-vie. L'assureur m'a envoyé une série de factures, puis des lettres me menaçant de suspendre la police, et une dernière m'avisant que celle-ci était annulée. Cela ne me fait ni chaud ni froid. Faute de véritables héritiers, je n'ai pas besoin de cette assurance contractée lorsque Julie avait eu un enfant.

Mon fournisseur de téléphone cellulaire m'annonçait qu'il existait dorénavant un moyen simple de faire suivre mes appels n'importe où au Canada et aux États-Unis. Où que je sois, il me suffira dorénavant d'appuyer sur l'astérisque et de faire le 18. Tous les appels seront alors acheminés automatiquement à cet endroit. Dommage qu'ils n'y aient pas pensé plus tôt. Cela m'aurait évité de m'efforcer d'être toujours près du lieu mentionné dans mon itinéraire. Je n'aurais même pas eu besoin d'itinéraire. Il m'aurait été impossible de croire Alice Brodeur ou Sébastien Mauro capables de me suivre de cette manière. Et alors…

Mais le clou de mon courrier — si tant est qu'il puisse y avoir un clou dans du courrier — fut une lettre de la Monarch Tire Corporation, de Brantford, en Ontario. Elle était datée d'octobre, quelques semaines après mon départ. Je la retranscris textuellement, erreurs comprises :

Cher Madame Cossette F. Bernard,

Nous tenons à porter à votre attention une défectuosité dans un ou plusieurs des pneus qui équipent votre voiture — et qui portent des numéros de série entre NB67094352 et NB67094876.

Certains changements brusques dans les conditions atmosphériques — en particulier un abaissement rapide de la température à la suite d'une période de canicule — peuvent affecter l'étanchéité de la valve et occasionner une baisse considérable de pression de ces pneus, en quelques heures seulement, lorsqu'ils sont en position arrêtée.

Bien que ces pneus ne présentent aucun risque routier — puisqu'il n'a été porté à notre connaissance aucun cas de dégonflement en route — nous vous recommandons de les faire remplacer. Et nous vous faisons pour cela une offre particulièrement avantageuse.

Nous vous accorderons, pour tout pneu portant un numéro de série entre NB67094352 et NB67094-876, un crédit à l'achat d'un nouveau pneu du même type et des mêmes dimensions, d'une valeur égale au prix de vente du pneu neuf, moins le pourcentage d'usure de chaque pneu, tel que mesuré selon nos procédures habituelles.

Pour profiter de cette offre, il suffit de prendre rendez-vous avec le dépositaire Monarch qui vous a vendu vos pneus.

Nous espérons que vous nous excuserez pour tout désagrément que cette défectuosité mineure a pu vous causer et nous vous prions, cher Madame Bernard, d'agréer l'expression de nos sentiments les meilleurs.

La lettre était signée par le directeur du service à la clientèle de la Monarch Tire Corporation.

Je l'ai relue, puis relue encore, de plus en plus atterré chaque fois.

J'avais tué un homme que je soupçonnais de dégonfler mes pneus, alors qu'il s'agissait d'un vulgaire défaut de fabrication!

Pourtant, cela semblait impossible. Un défaut de fabrication des pneus de la Mustang n'avait pas pu crever les pneus de la caravane le matin de mon départ. À moins que cet incident n'ait été isolé des autres.

De plus, c'étaient les pneus avant gauche et arrière droit qui se dégonflaient au début, alors qu'ensuite ce furent les deux du côté gauche. Fébrilement, je suis descendu à la voiture, j'ai regardé les numéros de série des pneus. Seuls les pneus gauches portent les numéros des pneus rappelés. J'ai consulté ensuite le guide d'entretien de la Mustang : l'entretien des dix mille kilomètres que j'ai fait faire en Floride comprenait la rotation des pneus. Cela explique que les dégonflements aient eux aussi fait une rotation.

Catastrophé, je suis remonté à mon appartement. Il est maintenant évident que les crevaisons du jour de mon départ sont l'œuvre de voyous de mon quartier, comme je l'avais d'abord pensé. La tentative de vol est sans doute le fait d'un brigand mexicain. Quant à l'attelage mal fixé, en Virginie, ce peut être le résultat de ma propre négligence — comme l'incendie près de Yuma.

La conclusion est claire : j'ai tué un homme qui ne m'a rien fait. C'est plutôt moi qui l'avais affublé d'un surnom idiot. Et, à bien y penser, malgré ses bizarreries, Sébastien était un compagnon de voyage plutôt agréable. Il m'a même défendu à Grand Isle… et j'en ai conclu qu'il était violent !

J'ai envie d'écrire à la Monarch Tire Corporation une lettre indignée et injurieuse, mais je ne trouve aucune manière de leur dire, sans m'incriminer : « Bande de salauds, à cause de vos pneus pourris, j'ai tué un homme. »

Le 2 avril 1989

À part ces rares notes dans mon journal, je n'arrive pas plus à écrire depuis mon retour que pendant mon voyage.

Est-ce le remords ou l'inquiétude qui me tourmente ? La révélation que mon état de légitime défense était tout à fait imaginaire fait de moi, théoriquement, un assassin. La prochaine fois que je rencontrerai un avocat, il faudra que je lui demande, en prétextant que j'écris un roman policier, si le fait de se croire en légitime défense constitue une défense légitime aux yeux de la loi. J'en doute, mais sait-on jamais ?

Pour me changer les idées, je me suis mis à songer aux « femmes de ma vie ». Je suis passé hier au *Nom de Larose*. Il y avait derrière le comptoir une dame que je ne connaissais pas. C'est la nouvelle propriétaire du commerce. Elle m'a raconté que Laurette Larose est morte en couches — une histoire dont les journaux ont beaucoup parlé. Une négligence incroyable des médecins. Je n'ai pas demandé plus de détails.

La fleuriste a offert de me donner le numéro de téléphone de monsieur Larose. J'ai refusé, bien entendu.

Je suis rentré chez moi plus déprimé que jamais.

J'ai alors rappelé Larry Sirois dans l'espoir d'obtenir des nouvelles de Judith Archambault sans avoir à en demander. Son émission sur l'activité physique a fini par être acceptée, en janvier. Il a attendu en vain mon appel (j'étais en Californie, ces jours-là, aux prises avec Sébastien Mauro, et j'avais d'autres chats à fouetter). Il s'est dit désolé d'avoir dû en confier la rédaction à quelqu'un d'autre. Je l'ai assuré que je ne lui en veux pas. Je me demande d'ailleurs comment j'arriverais à travailler dans mon état d'esprit actuel.

— Tu sais que Judith s'est mariée ? m'a-t-il enfin demandé après avoir longuement parlé de choses et d'autres qui ne m'intéressaient pas. Avec un type de Québec, qui travaille pour le gouvernement.

— Non ?

J'ai attendu qu'il m'en dise plus long. Mais il a enchaîné avec d'autres sujets qui m'ennuyaient encore plus.

Le 3 avril 1989

Ce matin, il m'a pris la fantaisie de savoir ce qu'il est advenu d'Alice Brodeur. Est-elle revenue en ville ?

Il me plairait de la revoir. Mais il n'y a pas une seule Alice Brodeur dans l'annuaire du téléphone. Par contre, il y a vingt-sept A. Brodeur. J'ai appelé chaque numéro sans trouver personne qui connaisse une Alice Brodeur ayant été en Floride l'automne dernier.

Le 13 avril 1989

Je viens de vendre la Mustang et j'ai obtenu de l'acheteur un supplément de deux cents dollars pour le téléphone que je n'ai presque pas utilisé et qui m'en avait coûté mille six cents. Cela fait très cher l'appel.

Chaque jour, je m'attends à ce que la police arrive chez moi, même si je sais que c'est peu probable. Pour cela, il faudrait d'abord qu'on retrouve le corps et la caravane et qu'on établisse un lien entre l'un et l'autre. Plus le temps passe, plus je devrais me sentir tranquille. Pourtant, c'est l'inverse qui se produit.

Si un policier se présente à ma porte pour me parler de cette affaire, je suis décidé à tout avouer. J'ai même, parfois mais pas longtemps chaque fois, envie d'aller de moi-même à la police, avouer mon crime. Mais il ne faut pas trop m'en demander.

J'ai pris la précaution de mettre ce journal de voyage — devenu journal tout court — à l'abri des regards indiscrets, à l'aide d'un logiciel de protection qui exige un mot de passe avant de laisser ouvrir un fichier.

Encore une fois, j'ai choisi 1941, seul chiffre que je ne risque pas d'oublier.

Tiens, j'allais oublier de noter le plus important : j'ai vu deux médecins depuis mon retour. Ils sont unanimes : ma douleur à la cheville est causée par l'arthrose, une dégradation de l'articulation, résultat d'une fracture que j'ai subie il y a une douzaine d'années. J'en étais alors à mes derniers mois chez MTL. Nous avions eu une séance de travail au Château Montebello. Un peu ou beaucoup ivre, j'avais sauté d'une fenêtre — pour des raisons dont je ne me souviens pas très bien ; mais je crois que je voulais attirer l'attention ou me suicider (et pourquoi pas les deux, tant qu'à faire ?). La fracture, paraît-il, n'a pas été réduite convenablement. Après avoir couru dessus l'équivalent du tour de la Terre, j'ai fini par abîmer l'articulation de façon définitive.

Je ne peux plus courir sans risquer de me retrouver tôt ou tard dans un fauteuil roulant.

Avant-hier, j'ai reçu une lettre du notaire Jean-Chrétien Bachand, m'invitant à la lecture du testament de Sébastien Mauro, vendredi prochain à quatre heures.

J'en ai reçu un choc, mais je m'efforce de transformer cette missive en nouvelle rassurante.

Ainsi, on a trouvé le cadavre. Et le fait que la police ne m'a pas interrogé à son sujet prouve qu'on est à cent lieues de me soupçonner.

Par contre, cette invitation à l'ouverture du testament de Sébastien m'intrigue au plus haut point. Je change d'avis cent fois par jour : un instant j'irai, le moment d'après je n'irai pas, pour faire encore volteface cinq minutes plus tard.

Finalement, le pour l'emporte sur le contre. La curiosité, surtout : qu'est-ce que Sébastien Mauro peut bien vouloir me léguer (je suppose qu'on ne m'inviterait pas à la lecture du testament si je n'héritais pas de quelque chose) ? Il est douteux qu'il ait eu une fortune considérable, sinon pourquoi serait-il parti ainsi sans ressources autour de l'Amérique ?

En m'abstenant, je risque surtout de mettre la puce à l'oreille de gens qui pourraient se demander pourquoi je n'y vais pas.

En y allant, je saurai tout ce qu'on peut savoir sur la mort de Sébastien.

La seule chose qui me fait hésiter encore, c'est l'impression qu'on peut m'avoir tendu un piège. Peut-être même Sébastien a-t-il survécu miraculeusement ? Je repousse cette idée absurde. Sébastien

Mauro est mort. Il m'a mentionné dans son testament. Et je n'ai aucune raison de ne pas aller à sa lecture.

Le 29 avril 1989

Hier, pour la première fois depuis mon voyage, j'ai mis une cravate et je suis allé au rendez-vous chez le notaire Bachand.

J'étais en avance. On m'a fait attendre dans un petit salon.

Un quart d'heure plus tard, une femme en blouson rouge est arrivée. J'ai attendu avec elle une dizaine de minutes encore, tout en l'observant du coin de l'œil. Elle pouvait avoir quarante ans ou un peu moins. Cheveux noirs. Yeux foncés. Plutôt jolie.

Le notaire est enfin sorti de son bureau en congédiant deux clients à la tête de maffieux. Il s'est tourné vers la femme en rouge.

— Madame Mauro, a-t-il dit en lui tendant la main, je suis désolé de vous avoir fait attendre.

C'était donc la veuve de Sébastien.

En entrant dans le bureau du notaire, j'ai jeté un coup d'œil à ma montre : quatre heures dix. Nous étions les seules personnes mentionnées dans le testament.

Le notaire nous a fait asseoir et en a débuté la lecture sans autre préambule.

Je n'ai pas écouté attentivement. J'attendais des explications sur la mort de Sébastien. Personne ne daignait m'en fournir, ni même annoncer qu'il était mort. S'il ne l'avait pas été, on ne m'aurait pas lu son testament. Je tripotais ma cravate, et je me suis remis à faire attention quand le notaire a mentionné mon nom et la somme de cinq mille dollars.

— Donc, a-t-il alors résumé, Sébastien Mauro cède à Geneviève Mauro tout ce qu'il possède — essentiellement, une assurance-vie et quelques économies —, à l'exception de la somme de cinq mille dollars qu'il lègue à Bernard F. Cossette et que je dois lui remettre avec la lettre que voici.

Le notaire m'a tendu un chèque et une lettre sur laquelle étaient écrits à la main les mots « À Bernard F. Cossette ».

— Je peux la lire plus tard ?

— Bien sûr.

Geneviève Mauro a demandé quelques détails sur la manière dont on s'y prend pour récupérer une assurance.

Finalement, le notaire et Geneviève Mauro se sont levés. Moi aussi. Nous nous sommes serré la main. J'ai suivi la jeune femme jusqu'à la porte de l'ascenseur et j'ai appuyé sur le bouton d'appel.

— Je suis désolé de vous poser cette question, madame Mauro, mais c'est la lettre du notaire qui m'a appris que Sébastien était mort. Savez-vous comment il est décédé ?

— On ne le sait pas, justement.

— Ah bon ?

Nous sommes entrés dans l'ascenseur. Je me sentais partagé entre l'envie d'aller lire ma lettre tranquillement à l'écart et celle d'inviter Geneviève Mauro à prendre un café ou un verre pour lui demander ce qu'elle savait de la mort de son mari.

Les portes de l'ascenseur se sont ouvertes.

— Si vous m'offrez un verre, je vous dirai tout ce que je sais, a-t-elle dit.

— Très volontiers.

Rue Saint-Jacques, nous avons trouvé un bar paisible. Elle a commandé une demi-bouteille de vin blanc. J'ai dit à la serveuse que ça suffirait, puis j'ai changé d'avis et demandé qu'elle nous apporte plutôt une bouteille entière.

Je cherchais à adopter une allure désinvolte, tandis que Geneviève affectait d'avoir oublié la raison de notre présence dans ce bar. Lorsqu'elle eut terminé son premier verre de blanc, j'ai été incapable de tenir ma langue plus longtemps.

— Et alors, Sébastien ?

— Comment il est mort ?

— Oui ?

— On ne le sait pas. On a retrouvé son corps sur une plage, près de Big Sur, en Californie. La police ne sait pas s'il s'agit d'un meurtre, d'un suicide ou d'un accident. J'ai parlé à un policier au téléphone encore hier, et ils n'ont toujours pas le moindre indice. Il est mort noyé. Pourtant, il était excellent nageur. Il était tout habillé. Et il avait des meurtrissures à l'épaule droite.

— Il est peut-être tombé d'un bateau ?

— La police a interrogé tous les propriétaires de bateaux. Aucun n'avoue avoir jeté à l'eau un de ses passagers.

— Donc, personne n'a rien vu ?

— Non. C'est comme si on l'avait jeté là, sur la plage, après lui avoir donné des coups de massue sur l'épaule. Ce qui me désole le plus, c'est qu'on n'a pas retrouvé ses affaires. Depuis que Sébastien était parti, il m'envoyait des cahiers remplis de notes sur son voyage. Si j'avais le dernier, je saurais peut-être ce qui lui est arrivé.

Je n'ai pas dit où j'avais vu le dernier cahier pour la dernière fois.

Tout à coup, j'ai pensé que, si elle avait les cahiers de Sébastien, il était nécessairement question de moi là-dedans.

— Vous les avez lus ?

— Les premières pages seulement. J'ai décidé que je vais faire le même voyage que Sébastien. Et je vais lire ses cahiers à mesure.

— J'aimerais bien les voir.

— Je vous les prêterai peut-être, un de ces jours. Après mon voyage.

Elle m'a ensuite raconté sa vie de comédienne — ratée, si j'ai bien compris. Elle fait des publicités. Des rôles muets, surtout. Il me semble l'avoir vue à la télévision. Elle a en tout cas une tête que j'utiliserais si j'étais encore dans le métier. Tout à fait le genre «ménagère intelligente» ou «femme de carrière qui sait aussi jouir de la vie»: un visage agréable, sans rien de remarquable. Je parie qu'on peut la voir dans deux publicités de suite sans se rendre compte qu'il s'agit de la même personne.

Lorsque la bouteille de vin a été terminée, je l'ai invitée à dîner — le bar faisait aussi restaurant. Elle a accepté. À la fin du repas, nous étions devenus très amis. Elle m'a parlé de Sébastien avec beaucoup d'admiration, et voulait que je lui raconte comment je l'avais connu. Mes souvenirs anciens de Sébastien sont plutôt vagues. Je me suis efforcé de dire que nous nous étions toujours très bien entendu, le temps que nous avions travaillé ensemble. Ce qui, à bien y penser, n'est pas tout à fait faux. J'ai prétendu que Sébastien s'était ouvert à moi, lorsqu'il avait quitté MTL, de son intention de devenir écrivain. Cela a semblé faire plaisir à sa veuve. Et ce n'était pas nécessairement faux. La majorité des rédacteurs publicitaires rêvent d'écrire autre chose : scénarios, romans, poèmes, chansons.

Le vin aidant, je commençais à bien mentir, à apprivoiser mon rôle. J'ai parlé de moi, aussi. Très peu, car je ne semblais pas intéresser Geneviève Mauro outre mesure. Je me suis présenté comme un rédacteur publicitaire à la retraite, qui ne fait maintenant rien d'autre que d'écrire des romans. Bien entendu, je n'ai pas mentionné mon voyage aux États-Unis.

— Savez-vous ce que ferais à votre place ? m'a demandé Geneviève. Je ferais comme Sébastien : j'irais passer l'hiver au soleil, quelque part dans le Sud.

J'ai promis que j'y penserais l'automne prochain.

Ce matin, je me suis réveillé avec un mal de bloc abominable, dans un lit inconnu, près d'une femme qui dormait en me tournant le dos.

J'ai fait un effort pour me souvenir des événements de la veille. Après le dîner avec Geneviève Mauro, nous étions allés prendre un dernier verre dans une autre boîte, puis nous étions rentrés chez elle et avions fait l'amour tant bien que mal, comme deux ivrognes.

Je me sentais plus coupable que jamais. J'avais assassiné Sébastien Mauro. Il m'avait légué cinq mille dollars. Et la première chose que je trouvais à faire, c'était de coucher avec sa veuve.

Je me suis levé. Mes vêtements étaient jetés pêle-mêle sur une chaise. La lettre de Sébastien! Était-elle toujours dans la poche intérieure de ma veste? Oui. Je me suis approché de la fenêtre et je l'ai lue à la lueur du petit jour.

Cher Bernard,

J'aurais pu léguer ces cinq mille dollars à la Société protectrice des animaux, à Greenpeace ou à la Magnétothèque. Ou même les laisser, comme le reste, à Geneviève — qui se serait hâtée de les dépenser. Pourtant, j'ai préféré les laisser à l'individu le plus détestable que j'aie jamais rencontré.

Je n'ai jamais oublié Sylvie Landry. Ni Clara Pallascio. Ni ta lâcheté devant un client qui n'aimait pas le travail d'un de tes rédacteurs. Ni ton habitude de chantonner «Sébastien Mauro ressemble à son père…» chaque fois que j'entrais dans la salle de conférences. Ni ta xénophobie, ni ta misogynie, ni ton égocentrisme. Le jour où j'ai quitté MTL après trois ans de labeur pénible a été le plus beau de ma vie.

Lorsque est paru ton premier roman, j'en ai volé un exemplaire dans une librairie. Ce que je n'avais jamais fait. Mais je n'avais pas envie de payer pour un de tes livres.

Ô merveille! Je l'ai lu en une nuit. Le matin suivant, je l'ai relu, à la recherche d'un signe qui me prouverait que ce n'était que du plagiat. Mais j'y reconnaissais des dialogues qui semblaient sortir tout droit de ta bouche. Ta méticuleuse phobie des coquilles, *comme si les fautes typographiques étaient le crime le plus révoltant que puisse commettre un concepteur publicitaire — ou un écrivain. Ton humour ambigu — dont on ne sait jamais s'il est volontaire ou non. Et puis aussi une espèce de candeur coupable, l'art de dénoncer avec conviction les maux de la société, même ceux dont tu es le premier à profiter, tout en laissant entendre que tu en es conscient.*

J'ai apprécié à des degrés divers tes œuvres suivantes, sans jamais m'ennuyer. Pas des chefs-d'œuvre, mais des livres qui collent à la réalité d'aujourd'hui, nous montrent comment l'homme moderne parvient à réconcilier la conscience et l'inconscience. J'ai été tenté de t'écrire à quel point je t'enviais, car j'ai moi aussi le rêve d'écrire, que la timidité m'empêche de transformer en réalité. Mais je craignais que cela passe pour une invitation à reprendre contact avec moi. Lorsque est paru ton quatrième roman, j'ai lu une de tes entrevues dans les journaux. Tu y parlais de ton intention de quitter la publicité et de ne rien faire d'autre qu'écrire, même si tes livres se vendaient mal.

L'été dernier, un médecin m'a annoncé que j'avais un cancer. En attendant de mourir, j'ai décidé de partir, comme tu rêves de le faire. Après avoir écrit mon testament.

Même si je n'ai pas grand-chose à léguer, je te laisse cet argent comme si j'avais créé mon propre prix littéraire. Appelle-le le «prix Mauro-vaches», si tu veux. S'il t'aide à écrire quelques pages de plus ou à mieux les écrire, j'en serai fier.

C'était signé Sébastien Mauro.

Lorsque j'ai levé les yeux de la lettre, mon regard a croisé celui de Geneviève. Elle s'était redressée dans le lit et me regardait avec curiosité.

— C'est la lettre de Sébastien ?

— C'est-à-dire que… oui.

— Qu'est-ce qu'il te dit ?

— C'est personnel.

Je ne pouvais quand même pas la lui lire.

Il aurait fallu que j'explique qui était Sylvie Landry. Je l'avais eue comme secrétaire. Un peu amoureuse de moi, je suppose. Nous n'avions couché ensemble qu'une fois. Ensuite, j'avais essayé de la traiter de façon aussi professionnelle qu'auparavant. Je m'étais même remis à la vouvoyer. Elle s'était jetée sous une rame de métro quelque temps plus tard. Je n'avais jamais songé que cela avait pu être à cause de moi. Sébastien Mauro semblait croire que oui.

Et qui donc était Clara Pallascio ? Cela me revenait : une coordonnatrice en production télé. Mariée. Elle était venue avec moi en Gaspésie pour superviser le tournage d'une publicité d'eau minérale. Il ne s'était rien passé entre nous, que je me souvienne. Ah oui : son mari était venu la rejoindre. Et je m'étais amusé à laisser croire que j'avais une aventure avec elle. Il était impossible que le mari m'ait pris au sérieux. Qu'était-il arrivé ensuite à Clara Pallascio ? Je n'en avais pas la moindre idée. Sébastien savait, sans doute.

— Sébastien me rappelle seulement des vieux souvenirs, quand on était ensemble chez MTL Des choses sans intérêt, finalement.

Elle a froncé les sourcils pour m'encourager à préciser.

— Il n'y a vraiment rien que tu peux me dire ?

J'ai secoué la tête.

— Tu es sûr ?

Vite, il fallait trouver quelque chose. Qu'est-ce que je pouvais dire ? La chanson — rien n'était plus anodin.

— Par exemple, il me rappelle une chanson que les étudiants de l'Université de Montréal chantaient dans les années trente pour se moquer de leur recteur, un monseigneur Maurault, M-a-u-r-a-u-l-t. J'avais remplacé son nom par celui de Sébastien.

— Qu'est-ce qu'elle disait, cette chanson ?

— Quelque chose comme :

Sébastien Mauro ressemble à son père.
Son père à sa mère et sa mère à mon cul.
Mon cul n'est pas beau, de là j'en conclus :
Sébastien Mauro n'est pas beau lui non plus.

Geneviève Mauro a éclaté d'un rire cristallin. Elle en a lâché la couverture qu'elle gardait pudiquement drapée sur sa poitrine. Et ses petits seins blancs m'ont troublé.

— C'est quoi, déjà ? m'a-t-elle demandé quand elle a eu fini de rire. Sébastien Mauro ressemble à son père...

— Son père à sa mère et sa mère à mon cul.

— Mon cul n'est pas beau, de là j'en conclus...

Nous avons repris la finale en chœur, en riant tous les deux :

— Sébastien Mauro n'est pas beau lui non plus !

— Je connais mon frère, a ajouté Geneviève : il a
dû trouver ça très drôle. Il aimait rire de lui. Et faire
rire de lui.

Son frère ? Sébastien était son frère ! Soulagement.
Je n'avais pas couché avec la femme de ma victime,
mais avec sa sœur. J'aimais mieux ça.

— Oui, ça l'amusait, j'ai enfin bredouillé.

— Qu'est-ce qu'il te dit d'autre ?

Nouvelle hésitation.

— Qu'il aimait bien mes livres.

— C'est tout ?

— Oui.

J'ai remis la lettre dans son enveloppe, que j'ai
glissée dans la poche de ma veste, et j'ai commencé
à m'habiller. Geneviève me regardait faire avec attention, comme si ma façon de nouer ma cravate ou
de mettre mes chaussettes avait pu l'instruire sur le
contenu de la lettre.

— On se reverra ? m'a-t-elle demandé lorsque je
me suis dirigé vers la porte.

— J'espère, j'ai répondu en souhaitant que non.

Rentré chez moi, je fais cet après-midi le point sur
toute cette histoire. De façon définitive, j'espère.

Premièrement, Sébastien Mauro aimait un peu
mes livres, alors que je croyais qu'ils ne l'intéressaient pas ou qu'il les trouvait mauvais.

Deuxièmement, s'il s'éloignait chaque fois que je
me mettais à écrire, c'était pour me laisser travailler
tranquille et non pas, comme je me l'étais imaginé,
parce que cela lui tombait sur les nerfs.

Troisièmement, il n'est pas question que je re-
voie Geneviève Mauro. Pour des raisons morales,

d'abord. Qu'elle soit la sœur ou la femme de Sébastien, comment pourrais-je entretenir une liaison avec une personne si proche d'un homme que j'ai tué ? De plus, je crains de me trahir, de laisser échapper un mot qui pourrait lui apprendre que j'ai voyagé avec son frère l'hiver dernier. Tant qu'elle croira que j'ai passé l'hiver à Montréal, elle ne pourra me soupçonner de rien.

Quatrièmement, Sébastien allait mourir, de toute façon. Je lui ai épargné — sans faire exprès, je le reconnais — une mort cent fois plus pénible.

Le 5 juin 1989

Il y a deux semaines, je suis allé à une réunion d'anciens élèves de mon collège.

Je ne savais pas trop quoi attendre de cette réunion avec des gens que je n'avais pas revus depuis mon départ du collège, il y a vingt-huit ans.

Pour justifier la location d'une voiture, je me suis convaincu que je trouverais peut-être parmi mes anciens condisciples quelqu'un qui m'offrirait un contrat de rédaction. Ou qu'à tout le moins certains d'entre eux sembleraient fiers de retrouver un des leurs jouissant d'une certaine notoriété, consacrée par quelques photos dans les journaux et de rares interviews dans des émissions culturelles à la télévision.

Mais les trois jours que nous avons passés à l'hôtel des Laurentides où nous nous étions réunis trente ans plus tôt pour fêter la fin de notre classe de rhétorique ont été d'un ennui mortel.

Nous avons vieilli. Certains plus mal que d'autres. J'ai aussi appris que deux d'entre nous s'étaient suicidés. Que trois autres des absents souffraient de maladies mentales. Et qu'un autre encore a été aperçu pour la dernière fois, l'an dernier, dans un bar de La Tuque où il était danseur nu, exploit remarquable à l'approche de la cinquantaine. Quant à ceux qui restaient, nous formions une triste bande d'hommes éminemment médiocres, presque tous bedonnants, grisonnants ou menacés de calvitie.

Un seul de mes ex-condisciples m'a dit avoir lu mes livres. Il m'a demandé si j'en aurais un autre bientôt. J'ai répondu que je croyais que oui, même si je sais que non.

Le dernier soir, j'ai pris un verre au bar avec Pierre Archambault (j'ignore comment il gagne sa vie, mais il conduit une monumentale Lincoln Continental blanche) et quelques autres. Je faisais remarquer que de cette belle classe — une cinquantaine d'élèves que nos profs appelaient jadis « l'élite du Québec » — personne n'avait connu un succès exceptionnel.

C'est alors que Pierre, plus bourré encore que moi, s'est exclamé :

— En tout cas, c'est moi qui détiens le record des divorces.

Personne n'a réagi.

— Trois, a-t-il ajouté lorsqu'il a constaté qu'on ne lui demandait pas de précisions.

Un peu plus tard, j'ai remarqué que Pierre avait le même nom de famille que Judith.

— Dis donc, lui ai-je demandé, est-ce qu'une de tes femmes s'appelait Judith ?

Il a levé les yeux de son dix-ou-douzième verre de cognac, a fait un effort pour se souvenir et a compté sur ses doigts.

— Oui, j'ai eu une Marie-Louise, une Évelyne, une Judith.

Je lui ai demandé à quoi cette dernière ressemblait. Rien de cohérent à en tirer. Mais quand je lui ai décrit Judith Archambault, il a semblé confirmer que ce pouvait être elle.

Je l'ai encore interrogé, et il a fini par se souvenir qu'elle avait épousé un fonctionnaire de Québec et qu'elle avait eu un enfant, récemment. Un garçon ou une fille, il n'en savait rien.

Judith Archambault est-elle l'ex-femme de Pierre ? A-t-elle eu un enfant ? Ce bébé est-il de moi ?

Je ne sais rien. Je ne suis même pas sûr que je tiens à savoir.

Seule consolation de ce week-end raté : personne ne m'a appelé Bécossette. À moins qu'on ne l'ait fait dans mon dos.

Le 29 juillet 1989

Tout à l'heure, j'ai téléphoné à Geneviève Mauro.

Je souhaitais surtout avoir des nouvelles de l'enquête policière sur la mort de Sébastien.

Je m'étais imaginé qu'avec le temps je finirais par ne plus craindre qu'on retrouve ma caravane près de l'endroit où son cadavre a échoué. Mais je n'arrive pas à me débarrasser de ma peur. La nuit dernière, j'ai rêvé à Sébastien. Ce n'était pas exactement un cauchemar. Je poussais sur la caravane vers la falaise. Mais la caravane était si lourde que je n'arrivais à rien, jusqu'au moment où quelqu'un est venu m'aider. À deux, nous sommes parvenus à lui donner un élan suffisant pour qu'elle commence à prendre de la vitesse. Je me suis tourné vers l'homme qui m'avait aidé. C'était Sébastien. Dans la caravane, j'ai eu à peine le temps d'apercevoir une silhouette qui aurait pu être la mienne.

Geneviève ne m'a pas donné de nouvelles, et je n'ai pas osé en demander.

Par contre, je n'ai pas pu résister à la tentation de l'inviter à souper chez moi. Cela a semblé l'ennuyer plus qu'autre chose. J'ai retiré mon invitation.

Cela devrait me rassurer. Moins Geneviève Mauro s'intéresse à moi, moins je risque de me trahir.

Je n'ai d'ailleurs toujours pas trouvé de moyen de dépenser les cinq mille dollars dont j'ai hérité. Je les laisse dormir à la banque, en me disant qu'un jour une occasion se présentera de les dépenser ou de les investir sagement.

De toute façon, je finirai bien par manquer d'argent tôt ou tard, puisque je dépense plus que mon capital ne rapporte en intérêts. Les deux romans que je me proposais d'écrire chaque année devaient m'aider à combattre l'inflation. Mais je ne me sens pas encore prêt à me remettre à écrire. Le serai-je jamais ?

Le 25 août 1989

Il a fait froid toute la semaine et je commençais à chercher un moyen peu coûteux de passer l'hiver dans le Sud — pas nécessairement en auto-stop, avec un simple sac à dos, comme Sébastien — lorsque j'ai reçu un appel de Geneviève.

— Ça y est, je pars! m'a-t-elle annoncé d'emblée avant que j'aie eu le temps de dire «Comment ça va?» Je m'achète une vieille camionnette et je ne laisserai pas un seul flocon de neige me toucher de tout l'hiver.

— Ce n'est pas une mauvaise idée.

— Je vais faire le tour des États-Unis. Je t'ai dit que je rêvais de suivre les cahiers de Sébastien?

J'ai eu aussitôt envie de lui offrir de l'accompagner.

— Ça te tenterait de venir avec moi? m'a-t-elle demandé avant que j'aie ouvert la bouche.

— Ça te plairait?

— Ça permettrait de partager les dépenses.

— Je peux y penser?

— Je te donne jusqu'à demain.

— Je te rappelle.

Je l'ai rappelée une heure plus tard. C'est tout réfléchi: je ne peux pas rester à Montréal et attendre pendant des mois qu'elle en arrive aux passages des cahiers de son frère où il est question de moi. Et puis, dans le fond, je ne demande pas mieux que de partir avec elle.

Je l'ai invitée à souper chez moi pour discuter des détails. Elle a accepté.

Le 26 août 1989

Nous avons mangé des biftecks grillés au charbon de bois sur le balcon. Et nous avons eu le temps de régler tous les détails de notre projet en vidant deux bouteilles de beaujolais.

Nous achèterons une fourgonnette de camping d'occasion. Geneviève n'aime pas les caravanes, que je trouve plus pratiques. Elle insiste sur le tout-en-un. Budget : dix mille dollars (cinq mille chacun).

Nous partirons dans quelques jours — dès que notre véhicule sera acheté et nos bagages faits. Et nous suivrons fidèlement l'itinéraire de Sébastien, dont je ne sais rien pour ce qui précède notre rencontre à Pensacola. Tout ce que je sais, c'est que nous commencerons par la Nouvelle-Angleterre.

Je m'en réjouis : cela me donnera l'occasion de voir cette région que j'ai traversée si rapidement l'an dernier.

Le 2 septembre 1989

Après une semaine de recherches intensives, nous avons déniché une fourgonnette de camping Dodge 1981 nouvellement inscrite dans les petites annonces. Pas de toilettes ni de douche, mais nous avons réfrigérateur, réchaud et chauffage à gaz, réservoir d'eau, des tas de petits coins de rangement et une grande table transformable en lit à deux places. Geneviève n'a pas soulevé d'objection à la perspective d'occuper le même lit que moi.

Le véhicule nous coûte neuf mille trois cents dollars, taxes comprises.

C'est la façon idéale de me débarrasser de l'héritage de Sébastien, qui doit se retourner dans sa tombe s'il sait qu'il me fournit l'argent nécessaire pour partir avec sa sœur.

Quelque part
(ÉTAT DE NEW YORK)

Le 12 septembre 1989

Le premier cahier de Sébastien commence en Virginie. Geneviève est convaincue que le véritable premier cahier a été égaré, par la poste ou par Sébastien. À mon avis, il n'avait rien d'intéressant à dire sur la première partie de son voyage.

J'ai essayé de convaincre Geneviève que, si son frère avait fait le tour des États-Unis, nous devrions, nous aussi, passer par le Maine.

Elle n'a rien voulu entendre et nous coupons au plus court vers la côte de la Virginie, première destination mentionnée dans le premier cahier.

J'ai emporté mon ordinateur portable, avec l'intention de reprendre mon journal de voyage.

Voici comment je résume notre première journée :

Partis à l'aube, nous n'avons pas eu une goutte de pluie. Ce soir, nous nous sommes arrêtés dans un camping de l'État de New-York dont le nom est inscrit sur un autocollant, dans un coin du pare-brise.

Roanoke
(VIRGINIE)

Le 15 septembre 1989

Depuis Chincoteague, que Sébastien a visité lui aussi, nous roulons en suivant son itinéraire. Geneviève garde ouvert sur ses genoux un cahier vert que je n'ai jamais vu et qui ne m'inspire aucune crainte. Elle me donne les directions qu'il a suivies, me décrit les lieux dont nous approchons. Au début, j'ai trouvé ça agaçant, mais je m'y suis fait, en une journée seulement.

Je suis forcé de reconnaître que Sébastien était bien meilleur voyageur que moi. Il a vu une foule de choses auxquelles je n'ai pas fait attention. Il a observé la nature avec un plaisir évident et une patience exemplaire. Et il semblait tout savoir. Il voyageait pourtant sans documentation — pas même un guide d'observation des oiseaux. Je devine qu'il portait en lui le bagage de connaissances de celui qui s'est toujours intéressé à tout. Il avait le temps, puisqu'il travaillait rarement — et quand il avait un emploi, je peux témoigner qu'il ne s'épuisait pas. Je crois d'ailleurs que je vais prendre plaisir, moi aussi, à découvrir l'Amérique avec l'aide d'un guide posthume aussi compétent.

Quant à Geneviève, je devine sa hâte de tourner la page dès que nous nous mettons en route chaque matin.

Je meuble mes longues heures de silence au volant à chercher une réponse à une seule et unique question : comment pourrai-je, si jamais mon nom surgit dans le cahier jaune, expliquer que je n'ai pas dit à Geneviève que j'ai voyagé avec son frère ?

Je ne trouve pas de réponse raisonnable.

Je me contente de souhaiter que Sébastien n'a pas mentionné mon nom dans le cahier jaune. Il est improbable qu'il ne parle pas de moi. Mais il y a une chance sur mille milliards qu'il parle de son compagnon de voyage sans le nommer.

Smokemont

(CAROLINE DU NORD)

Le 6 octobre 1989

Décidément, mon acharnement à faire le tour des États-Unis l'an dernier était stupide, car l'intérieur des terres est souvent plus intéressant que la côte. Surtout ici, dans le «parc national Great Smoky Mountain», avec ses points de vue à couper le souffle.

Si Geneviève n'était pas avec moi, je me laisserais chauffer paresseusement au soleil filtré par les feuilles qui commencent à tomber. Mais elle n'est pas loin, partie prendre des photos dans les alentours. Et je me sens forcé, pour prétendre être aussi actif qu'elle, de rester assis devant l'ordinateur posé sur la table de pique-nique. Mais je ne réussis à écrire que quelques lignes sans intérêt.

Peut-être suis-je simplement nonchalant. Ou en panne d'inspiration. Mais voilà plus d'un an que je n'ai rien écrit qui vaille — alors que j'ai pris ma retraite pour écrire à plein temps.

Justement, Geneviève revient. Je ne sais pas où elle est, mais j'entends cliqueter l'obturateur. Maintenant, je la vois, debout derrière les buissons. C'est moi qu'elle photographie. Et je souris, avec aussi peu de conviction que si je passais aux rayons X.

Willard

(GEORGIE)

Le 18 octobre 1989

Personne, j'en suis maintenant convaincu, ne possède autant que moi l'art de mal choisir ses compagnons de voyage.

Geneviève ne cuisine jamais. À part la lecture à haute voix du cahier vert, elle ne me parle pas tellement plus souvent. Elle ne supporte pas la radio en voiture — surtout les informations, dont je suis friand. Au camping, je dois utiliser un casque d'écoute, ce que je déteste. Nous ne faisons presque jamais l'amour — deux fois seulement depuis notre départ. Comble de malheur, elle affirme ne jamais avoir d'orgasme, ce qui n'a pas pour effet d'accroître mon désir.

Elle part tous les matins marcher dans la forêt avec son appareil photo et ses cahiers qu'elle emporte dans un sac de toile à bandoulière. En fait, elle ne s'éloigne jamais plus de quelques minutes sans cette épée de Damoclès que constituent les souvenirs de Sébastien.

L'autre jour, je lui ai demandé si je pouvais les lire d'un bloc, au lieu de me les faire servir en petits morceaux.

— C'est bien plus amusant de découvrir ce qu'il a écrit à mesure qu'on voit ce qu'il a vu, a-t-elle objecté.

— Je te promets de ne rien te dévoiler.

— Pas question.

Tout à l'heure, lorsque sa silhouette est reparue au loin, au détour du chemin du camping, j'ai eu un instant de terreur. Elle a la même démarche élastique, la même silhouette un peu voûtée que son frère. Pendant une seconde, j'ai cru que c'était un revenant qui se dirigeait vers moi.

Huntington Beach
(CAROLINE DU NORD)

Le 23 octobre 1989

Lu dans le journal : Ted Bunty, un abominable assassin, vient de passer à la chaise électrique, en Floride. Dans la ville où il allait être exécuté, un animateur de radio a demandé que les gens évitent d'utiliser leurs appareils ménagers à l'heure de l'exécution, de façon qu'on ne manque pas de «jus» au moment voulu. Devrait-on réclamer la peine de mort pour les animateurs de radio débiles ?

En écrivant le paragraphe qui précède, je croyais simplement parler une fois de plus de la violence présente sous mille et une formes en ce pays. Je me rends compte que c'est à cause de moi que ce fait divers m'intéresse, comme s'il préfigurait ma propre exécution.

Pourtant, je n'ai pas peur de la mort. J'ai parfois imaginé — par exemple, en regardant un film au sujet d'un condamné qui doit être fusillé ou pendu à l'aube — comment je réagirais à la veille de mon décès, quel qu'en soit la cause, s'il est annoncé. Je n'arrive pas à m'imaginer catastrophé ou même anxieux. Pas tout à fait serein, quand même. Mais je suis persuadé que la mort me laisserait relativement indifférent.

Le 24 octobre 1989

Ce soir, je suis très fier de moi. J'ai inventé un plat : les spaghettis aux *chorizos*. Il s'agit de bizarres saucisses mexicaines, que je débarrasse de leur boyau (en plastique, me semble-t-il). Je fais sauter cette chair à la poêle, avant d'ajouter une sauce composée d'une boîte de tomates aux *jalapeños* et à la coriandre et de six tranches de fromage fondu. C'est tout à fait piquant et plutôt délicieux. Geneviève en a redemandé. Elle trouve même cela meilleur que le corned beef aux pommes de terre, aux tomates et au maïs (que je lui ai servi sans lui dire qui a créé la recette).

Je me demande si je ne suis pas en train de devenir amoureux d'elle. Le fait que je me le demande prouve que je ne le suis pas tout à fait. Et aussi que je le suis au moins un peu.

Elle n'est sûrement pas la femme idéale. Elle est suffisamment désirable, certes. Mais elle est capricieuse et paresseuse. J'attends toujours qu'elle prépare son premier repas ou qu'elle fasse la vaisselle (elle offre parfois de la faire, mais n'insiste jamais lorsque je réponds que je m'en occupe). Ce n'est pas bien grave. J'ai tout mon temps, et passer deux heures par jour à cuisiner ou à faire le ménage est plus thérapeutique qu'ennuyeux.

Je ne connais rien de ses moyens de subsistance. Une fois dépensé ce qui lui reste de l'héritage de Sébastien (je ne sais pas combien elle a reçu, mais j'imagine que ce ne pourrait être plus de quelques dizaines de milliers de dollars), devra-t-elle demander l'aide sociale ? Si oui, je ne vois pas pourquoi nous ne pourrions pas réunir nos ressources. Nous garderions un seul appartement à Montréal. Et nous partirions tous les hivers, dans la Dodge, vers le Sud.

Pour lui parler de ce projet, il faut que j'attende que la dernière page du cahier jaune soit tournée.

C'est dommage. Mais c'est peut-être aussi bien.

L'île Jekyll
(GEORGIE)

Le 30 octobre 1989

Je viens de faire une bêtise qui risque de me coûter cher.

Geneviève voulait acheter du vin. Je déteste faire ce genre d'achat avec elle, parce qu'elle est capable de passer des heures (disons un gros quart d'heure) à lire les étiquettes des vins les plus chers pour finalement se contenter d'un vulgaire vin de table italien, yougoslave ou hongrois.

Comme je manquais d'argent pour prolonger notre location du camping, je lui ai confié ma carte bancaire, ainsi que mon numéro d'identification — 1941.

Dès que je l'ai vue s'éloigner dans la Dodge, je me suis inquiété qu'elle puisse me laisser là après avoir siphonné mon compte de banque sans que je m'en aperçoive. Elle est revenue et m'a remis mes deux cents dollars et le relevé de transaction émis par le guichet automatique. Le montant du retrait y est inscrit, avec le solde de mon compte. Je ne suis rassuré qu'à moitié. Elle aurait pu faire deux retraits et ne me montrer que le premier relevé.

Au moins, le relevé n'indique pas que j'ai une marge de crédit de vingt mille dollars. Une fois mon solde ramené à zéro, elle n'aurait pas songé à en prendre plus.

Saint Augustine
(FLORIDE)

Le 4 novembre 1989

Je suis ravi que Sébastien ait passé, comme moi, quelques jours à Saint Augustine, même si Geneviève n'apprécie pas particulièrement l'endroit.

Ce qui m'étonne, c'est qu'il se soit installé, pour la première fois de ce voyage, dans un parc d'État à plus de dix dollars par jour. La seule explication possible : il voyageait avec quelqu'un d'autre, dont il ne dit pas un mot. Maintenant que Geneviève a, depuis trois jours, entrepris la lecture du cahier jaune, j'espère qu'il me traitera avec la même indifférence.

D'ailleurs, ce voyage en compagnie de Geneviève serait à peu près agréable si je ne redoutais pas constamment le moment où elle tombera sur mon nom dans le cahier de son frère.

Cela se passera probablement pendant que je serai au volant. Peut-être s'arrêtera-t-elle au beau milieu d'une phrase débutant par : « Je voyage maintenant avec Bernard Cossette… » Elle tournera vers moi ses yeux quasi noirs, en fronçant les sourcils. Et je bredouillerai une excuse improvisée, puisque je n'arrive pas à en préparer une.

Parfois, je me rassure en constatant que Sébastien ne parle jamais de ses compagnons de voyage, s'il en a eu, ou des automobilistes qui le prennent en auto-stop. Rien ne semble l'intéresser que les rochers, les oiseaux, les étoiles et les marées. De temps à autre, un conseil pratique, sur la meilleure manière de se débarrasser des piqûres de méduse, par exemple (on se frotte avec du sable ; il faudra que j'essaie).

L'autre jour, il a énuméré les ingrédients de sa recette de corned beef, en oubliant le maïs.

— On dirait ta recette, s'est étonnée Geneviève.

— Avec du maïs, c'est meilleur.

— Faudra essayer sans.

L'île Saint George

(FLORIDE)

Le 10 novembre 1989

C'est la deuxième fois que nous nous trouvons dans un parc d'État où Sébastien et moi avons campé l'an dernier, quoique pas en même temps ni dans le même secteur.

Sébastien squattait de toutes les manières possibles pour éviter les frais de camping. Il passait ses nuits à la belle étoile. S'il pleuvait, il se réfugiait sous un pont, dans les toilettes ou toute autre espèce d'abri. J'ai souvent dû rappeler à Geneviève que nous ne pouvons pas faire pareil. Avec notre fourgonnette, il est impossible de voyager comme des vagabonds. Nous ne pouvons pas franchir les clôtures et les fossés. Heureusement, elle aime ses aises. Elle proteste un peu, pour la forme, puis se rend à l'évidence qu'il vaut mieux être confortablement installé à l'abri des intempéries que de coucher en plein air comme son frère.

Celui-ci est donc venu ici l'an dernier, dans le secteur réservé aux randonneurs, qui ne coûte qu'un dollar la nuit.

Geneviève a d'abord insisté pour que nous campions là, nous aussi. Nous sommes allés faire un tour d'exploration à pied — il est interdit de s'y rendre en voiture. C'est à plus d'une heure de marche du camping principal, par un sentier étroit. Il est vrai que l'endroit est totalement isolé et désert; et nous avons une petite tente (celle que j'ai achetée en partant de Big Sur et qui n'a presque jamais servi). Mais il faudrait transporter à la main toutes nos provisions — ainsi qu'une réserve d'eau potable, car il n'y en a pas là-bas. De plus, les moustiques sont particulièrement féroces dans cette partie de l'île.

Elle a donc accepté que nous nous installions encore dans la fourgonnette, branchés sur l'électricité et à cent pas des douches.

Ces derniers jours, je lui ai montré à se servir de mon ordinateur. Elle a rapidement compris l'essentiel du traitement de texte. Elle est plutôt douée, bien qu'elle tape à deux doigts, comme moi, mais plus lentement encore, et elle a commencé à écrire quelque chose. «Des notes de voyage», a-t-elle dit. Comme elle ne veut pas que je les lise, je lui ai montré comment les mettre à l'abri avec un mot de passe. Mais elle n'a pas écrit plus d'une page et j'ai l'impression qu'elle ne persévérera pas.

Le 11 novembre 1989

Geneviève a lu dans les notes de Sébastien qu'il avait passé une soirée à la taverne du village — le *Harry A.*

J'ai sorti tous les prétextes pour éviter d'y aller, car j'ai peur que quelqu'un me reconnaisse, même si je n'y suis allé qu'une soirée, il y a un an.

Elle a insisté. Au *Harry A*, nous nous sommes assis à une table — où je risquais moins d'être vu par les habitués, assis au bar. Mon juge alcoolique était toujours là. Je ne sais pas s'il a été réélu. Je ne crois pas qu'il m'ait reconnu.

Au début de la soirée, je faisais de fréquents allers et retours au bar pour faire remplir nos chopes de bière. Puis la serveuse à la poitrine généreuse qui m'avait lancé des œillades l'an dernier est arrivée et a commencé à faire le service aux tables.

— Je vous connais ? m'a-t-elle demandé.

J'ai répondu que non, prêt à jurer que je n'étais jamais venu ici. Elle n'a pas insisté, parce que Geneviève lui a aussitôt mis sous le nez une photo de son frère et lui a demandé si elle l'avait déjà vu.

— Ce type-là ? *Oh boy!* Quelle nuit !

Geneviève n'a pas insisté pour en savoir plus long. J'ai eu l'impression qu'elle était jalouse.

Le 13 novembre 1989

Nous avons fait l'amour dans les dunes, la nuit dernière.

La lune était presque pleine. Nous sommes allés boire une bouteille de rouge sur la plage, où il n'y avait que nous.

Je reconnais que la scène n'était pas dépourvue de romantisme. Geneviève a appuyé sa tête sur mon épaule. Je lui ai caressé un sein. Elle a glissé une main dans la poche de mon pantalon, puis dans ma braguette. Nous avons fini la bouteille de vin. J'ai offert d'aller en chercher une autre. Geneviève m'a dit de laisser faire et a entrepris de se déshabiller.

L'amour en plein air, ce n'est pas tellement mon genre. Je préfère un lit confortable, à l'abri du vent. Mais la silhouette des seins de Geneviève qui passait son chandail par-dessus sa tête devant un nuage argenté par la lune aurait fait bander un eunuque.

Le sable était chaud et doux. Après avoir éjaculé, je me suis assoupi quelques instants — peut-être plusieurs — dans les bras de Geneviève.

Elle prétend avoir eu un orgasme. Son premier. À cause du sable dans le vagin, d'après elle. Je ne sais pas si je dois la croire. Pas seulement au sujet du sable, mais aussi pour l'orgasme. Et puis, devrons-nous dorénavant garder quelques poignées de sable à portée de la main, à côté de la gelée lubrifiante ?

Ce matin, nous nous sommes levés tard — à presque dix heures. En buvant son café, Geneviève a parlé de se réinscrire à l'aide sociale en rentrant à Montréal et a suggéré que nous pourrions nous contenter d'un seul appartement.

Je crois avoir déjà caressé cette idée, mais je n'en ai plus tellement envie.

Pensacola

(FLORIDE)

Le 15 novembre 1989

Cet après-midi, la pluie nous force à nous réfugier dans la fourgonnette. J'aimerais ne rien faire d'autre qu'écouter les grosses gouttes qui résonnent sur le toit. Et puis, je sais que dès que nous quitterons cet endroit je risquerai de faire ma première apparition dans le cahier jaune. Cela me donne l'envie de rester ici jusqu'à la fin de mes jours.

Geneviève a profité du mauvais temps pour aller en ville faire développer ses photos. Onze bobines en tout!

Ses clichés sont plutôt bons. Si elle en avait pris dix fois moins, je dirais même qu'ils sont excellents. Il y a beaucoup de photos de paysages, quelques-unes d'animaux vus de trop loin et une centaine de moi.

En regardant les plus récentes, je constate que j'ai pris du poids. C'est la faute à pas de course à pied.

Plusieurs clichés ont été pris à mon insu, au téléobjectif. Devant une de ces photos, Geneviève s'est exclamée :

— Regarde : là, tu as l'air d'un tueur.

Oui, j'ai parfaitement l'air d'un tueur. Le regard fixe. La lèvre boudeuse. La mine sombre. Et une barbe de deux jours (j'avais manqué de crème à raser).

— Sur celle-là, tu as l'air d'un ange, a poursuivi Geneviève.

Elle avait encore raison. Dans la photo suivante, on me donnerait le bon Dieu sans confession. Pourtant, les deux photos me ressemblent.

La Nouvelle-Orléans

(LOUISIANE)

Le 26 novembre 1989

Miracle et soulagement!

Après dix jours qui m'ont terrifié depuis que nous avons quitté Pensacola, nous sommes au parc Saint Bernard. Geneviève a lu jusqu'à la dernière ligne de la dernière page du cahier jaune. Je n'y suis pas mentionné une seule fois.

Si je suis dans un cahier de Sébastien, c'est dans le rouge, que j'ai balancé dans le Pacifique.

Nous avons passé trois soirées en ville, à écouter du jazz, à manger au restaurant, à écouter encore du jazz, dont Geneviève se révèle friande. Je suppose que c'est parce que le cahier de son frère vante les vertus de cette musique. Toujours est-il qu'elle est ravissante, car elle s'habille avec plus de recherche pour sortir en ville que pour rester au camping. Je suis gai comme un pinson. Et nous nous amusons — pas follement, mais presque. Hier soir, nous avons trouvé des écrevisses cuites dans une poissonnerie des environs. J'en ai acheté cinq livres. La poissonnière nous a montré la meilleure manière de les décortiquer. Mais nous ne sommes pas parvenus à maîtriser sa technique, ce qui ne nous a pas empêchés de tout dévorer, avec deux bouteilles de mauvais rosé.

Geneviève m'a dit qu'elle me trouve de meilleure humeur depuis quelques jours. Je lui ai dit que je suis bien avec elle. Et nous avons fait l'amour deux fois, ce qui ne m'était pas arrivé, à moi, depuis longtemps.

Le 27 novembre 1989

Je suis au soleil, à côté de la fourgonnette, dans un fauteuil pliant, par près de quatre-vingts degrés Fahrenheit. Il souffle un vent extrêmement agréable, à la fois chaud et rafraîchissant. J'ai mon ordinateur portable sur les genoux et une bière mexicaine, avec un quartier de citron vert, à portée de ma main droite. La radio joue un concerto pour trompette de Haydn. Geneviève est partie avec son appareil photo. Assez loin pour que je ne l'entende plus cliqueter.

Je fais le calcul suivant.

J'appartiens probablement aux cinq cents millions d'individus dont le niveau de vie est le plus élevé sur terre. Ce qui n'est pas particulièrement impressionnant. Mais les trois quarts de ces personnes travaillent pour maintenir leur niveau de vie. Pas moi. Je peux donc me considérer parmi les cent vingt-cinq millions d'individus les plus fortunés.

En ce moment précis, il est peu probable que plus d'un sur dix de ces cent vingt-cinq millions de

Terriens jouissent d'une journée aussi agréable que celle que je connais, au strict plan météorologique. Les Scandinaves, les Suisses, les Allemands, les Anglais et la plupart des Français, des Américains, des Canadiens et des Japonais sont probablement dans la neige ou sous la pluie. Donc, me voilà parmi les douze millions et demi de personnes les plus chanceuses sur cette planète.

Je songe aussi que, parmi ces gens qui n'ont pas à travailler, la grande majorité se sentent désœuvrés ou se livrent à des occupations désagréables (tondre la pelouse, par exemple) ou insignifiantes (même exemple). Ce qui n'est pas du tout mon cas : en ce moment, je fais ce que je veux, sans m'ennuyer ni devoir obéir à un patron. Si je travaille maintenant, à condition qu'on puisse appeler travail la rédaction de mes notes de voyage, c'est que j'en ai envie, tout simplement. Cela devrait me placer parmi le million d'êtres humains les plus privilégiés. Mais ce n'est pas tout.

De ce million d'individus, combien ont à portée de la main une de ces délicieuses bières mexicaines — avec une pointe de citron vert par-dessus le marché ? Sûrement pas plus d'un sur cent. Me voilà donc au nombre des dix mille personnes les plus favorisées par le sort. Mais combien parmi elles sont en excellente santé et ont, comme moi, marché pendant deux heures ce matin, avec la satisfaction du devoir accompli qui en résulte — et sans la moindre douleur à la cheville, pour une fois ? Une sur dix, disons ? Bon : me voilà parmi les mille individus les plus fortunés.

Maintenant, combien sommes-nous à écouter à la radio un de nos concertos préférés, au lieu de nous faire empoisonner les oreilles par un vieux succès d'Elvis ou un Haendel à mourir d'ennui ? Sûrement pas plus d'un sur cinquante. Ce qui fait de moi une des vingt personnes les plus bénies des dieux.

Je veux bien reconnaître que, sur ces vingt personnes, plusieurs se trouvent dans un cadre agréable — forêt, falaise ou plage. Mais combien d'entre elles sont dérangées par des goélands criards, des moustiques hargneux ou des serpents à sonnettes, par des voisins bruyants ou par la simple vue d'autres humains dont l'esthétique laisse à désirer ? Sûrement les quatre cinquièmes. Tandis que je suis dans un camping quasi désert, où pas un seul oiseau n'a le mauvais goût, par ses cris intempestifs, de venir troubler mon concert Haydn. Et cela me place parmi les quatre plus grands bienheureux vivant sur la Terre en ce moment.

Sur ces quatre personnes, il y a fort à parier qu'au moins la moitié ne sont pas, comme moi, convaincues qu'il fera aussi beau demain et que la radio me fera encore entendre la musique que j'aime.

Cela fait donc de moi une des deux personnes les plus heureuses de l'univers. La seule chose qui gâche mon plaisir, c'est de savoir que quelqu'un d'autre me dispute en ce moment le titre de champion mondial du bien-être. Peut-être même du bonheur.

Le 30 novembre 1989

Depuis la disparition de mes inquiétudes au sujet du cahier, je commence à avoir envie de quitter Geneviève.

Je sais bien que si je la déteste un jour, je l'adore le lendemain. Mais j'ai pris ma retraite l'an dernier pour être totalement libre. Et il est impossible de l'être si on n'est pas seul.

Je suis parti avec Geneviève parce que je craignais que son frère parle de moi dans son cahier. Maintenant que cette crainte n'existe plus, je n'ai aucune véritable raison de voyager avec elle. Mon bonheur n'exige pas sa présence.

Il faut donc que je trouve un moyen de m'en séparer et de la renvoyer à Montréal afin de poursuivre mon voyage comme je l'entends, d'aller enfin voir le Grand Canyon et Yellowstone et tout ce qu'il me plaira de voir, sans demander l'avis de personne.

C'est plus facile à dire qu'à faire. Peut-être la meilleure méthode est-elle celle que j'ai utilisée les quelques fois que j'ai voulu me débarrasser de femmes qui avaient eu l'imprudence d'entrer dans ma vie : devenir de plus en plus désagréable, de plus en plus distant ; donner à Geneviève le goût d'être seule ou lui faire comprendre que j'aimerais mieux l'être.

Le 2 décembre 1989

J'ai crié victoire trop vite.

Ce matin, j'ai demandé à Geneviève où elle avait envie d'aller ensuite, car je croyais être désormais libéré de l'obligation de suivre l'ennuyeux itinéraire de Sébastien, qui désormais ne nous emmène découvrir que des endroits que je connais déjà.

— Attends un peu, a dit Geneviève.

Elle a fouillé dans ses bagages et a exhibé un cahier jaune qu'elle a ouvert à la première page.

— À Grand Isle. C'est au sud...

Il y a *deux* cahiers jaunes! Mon supplice n'est pas terminé.

Il faut à tout prix que je détruise celui-là.

Grand Isle

(LOUISIANE)

Le 5 décembre 1989

«Allez, on part!» a décrété Geneviève, ce matin.

Le temps que je ramasse la vaisselle qui traînait sur la table et que Geneviève range ses vêtements éparpillés dans la fourgonnette, nous étions en route.

Geneviève s'est de nouveau absorbée dans la lecture du cahier, à haute voix. Sébastien avait noté des renseignements sur les *elevating boats*. Justement, il en passait un dans le bayou Lafourche. C'était la première fois que j'en voyais naviguer. Il avançait, avec ses trois poteaux — un à l'avant et deux à l'arrière — fixés à la coque, comme d'immenses cannes à pêche. Moi qui croyais que ces bateaux allaient s'accrocher à des poteaux fixes! Au contraire, ils les transportent avec eux. Ils font la navette entre la côte et les plates-formes pétrolières, descendent leurs poteaux dans le fond de la mer et se hissent comme des ascenseurs pour effectuer des travaux ou livrer des provisions.

D'après Sébastien, ces poteaux peuvent mesurer jusqu'à une centaine de mètres. Et il arrive parfois qu'un *elevating boat* tombe.

Sébastien savait tout sur ces bateaux-ascenseurs et il ne m'en avait rien dit. Je lui en veux. Mais il est vrai que je ne lui avais pas posé de question.

Ce souvenir m'a mis en rogne. J'ai demandé à Geneviève de cesser de lire le journal à haute voix.

— Pourquoi ?

— Ça m'énerve. Je préfère me concentrer sur la route.

Quelques instants plus tard, j'avais changé d'avis. Si tout à coup Geneviève tombe sur mon nom, il faut que je le sache tout de suite. Je feindrai alors de me souvenir subitement de ce type que j'avais pris en stop, et qui ne m'avait pas dit son nom.

Non, cela n'a aucun sens, puisque j'ai déjà connu Sébastien à Montréal et que Geneviève le sait. De plus, je lui ai toujours caché que j'ai voyagé aux États-Unis l'hiver dernier.

Par contre, plus Geneviève continue la lecture du cahier jaune, plus je me convaincs que je n'y serai pas mentionné. C'en est même vexant. Comme si les tatous écrasés sur le bord de la route où on les confond avec des pneus éclatés, les formations en V des pélicans blancs et même les plus vulgaires des coquillages avaient plus d'importance que moi.

Le 10 décembre 1989

Ce matin, j'ai bien pensé avoir trouvé la solution à mes angoisses. Je croyais que Geneviève était partie faire sa promenade matinale et j'ai vu qu'elle avait

222

oublié le cahier jaune sur son siège, dans la fourgon-nette. J'entendais le camion des éboueurs, à l'autre bout du camping. Je me suis hâté de déposer le cahier dans une poubelle. Mais Geneviève est reve-nue aussitôt — des toilettes, pas de la plage.

Elle a cherché son cahier. Juste comme les éboueurs allaient s'emparer de la poubelle, elle est allée y jeter un coup d'œil et a récupéré le cahier. J'ai prétendu :

— C'est peut-être moi qui l'ai jeté avec le journal. Tu devrais faire attention de ne pas le laisser traîner n'importe où.

— Ce n'est pas grave, j'ai une photocopie à Mon-tréal. J'aurais pu demander à ma voisine de me l'en-voyer.

Ça a mis fin à mes tentations de faire disparaître le cahier. Et je me donnerais un coup de pied au cul de ne pas avoir songé, au lieu de me hâter de le lancer dans la poubelle, à regarder si on y parlait de moi.

Lafayette
(LOUISIANE)

Le 13 décembre 1989

Je me suis trahi, en quittant Grand Isle. J'ai tourné vers Houma au lieu de La Nouvelle-Orléans, sans que Geneviève m'ait indiqué la direction à suivre. Elle a réagi :

— Où est-ce qu'on va ?

— À Lafayette.

— Pourquoi ?

— Parce que ton frère est sûrement passé par Lafayette en quittant Grand Isle. Pas moyen de faire autrement. J'ai regardé la carte, ce matin.

— Sébastien dit seulement qu'il est allé à Houston.

J'ai garé la fourgonnette sur l'accotement, et nous avons consulté l'atlas.

— À moins qu'il soit passé par Thibodaux, a supposé Geneviève. Ensuite, il serait monté à Baton Rouge en suivant la route 1 le long du bayou Lafourche.

— Ça m'étonnerait. Il n'y a rien à voir, à Baton Rouge. C'est seulement la capitale de la Louisiane. Tandis que Lafayette, tout le monde va là. C'est typiquement cajun.

— Mon frère se fichait des Cajuns. Ce qui l'intéressait, c'étaient les oiseaux, les poissons, n'importe quoi, mais surtout pas les Cajuns.

J'aurais aimé pouvoir lui parler d'un trio cajun improvisé avec un grand-père et une fillette.

— Après Grand Isle, il parle seulement de Houston ?

— Puisque je te le dis. Mais s'il est allé à Houston par la route la plus courte, il a sûrement pris la 14, par là, en passant par Lake Charles.

Je n'ai pas insisté. Un peu plus tard, j'ai docilement pris la route 14 en direction de Lake Charles et de Houston. Nous avons roulé quelques kilomètres en silence sur un bout de route que je voyais pour la première fois.

— J'ai sauté une page! s'est tout à coup écriée Geneviève. Il est passé par Lafayette.

— Il me semblait, aussi.

En soupirant, j'ai fait demi-tour, repris la route vers le nord.

Nous sommes arrivés à Lafayette en fin d'après-midi. Le camping municipal était presque plein. Nous nous sommes installés dans un emplacement voisin de celui que j'avais occupé avec Sébastien un an plus tôt.

L'île Padre

(TEXAS)

Le 16 décembre 1989

Journée horrible.

J'étais de plus en plus sûr de ne pas être mentionné dans le cahier jaune. Nous étions rendus au Texas. Sébastien avait voyagé avec moi pendant un mois sans glisser un mot de ma présence, sans même laisser entendre qu'il n'était plus seul. Geneviève approchait des dernières pages de son dernier cahier. Elle devenait de plus en plus gaie, comme soulagée parce que les propos de son frère interdisaient de croire qu'il avait pu se suicider. Peut-être cela a-t-il déteint sur moi. Je me sentais vaguement heureux, gagné par une agréable euphorie que je n'avais pas connue depuis La Nouvelle-Orléans, lorsque j'avais cru que le premier cahier jaune était le dernier.

En tout cas, j'ai été distrait quand nous sommes arrivés à l'île Padre. Geneviève s'était assoupie. Je venais de passer devant le camping à quatre dollars et je me dirigeais vers le camping gratuit, sur la plage, qui était notre camping préféré, à Sébastien et à moi.

Je me suis alors rappelé que nous avions d'abord passé quelques nuits dans le camping à quatre dollars. En principe, je l'ignorais et j'aurais pu continuer tout bonnement vers la plage, où vont la plupart des voyageurs. Connaissant Geneviève, je savais qu'il aurait fallu rebrousser chemin dès qu'elle se serait réveillée et aperçue que nous ne refaisions pas exactement le même voyage que son frère.

Pourquoi perdre du temps et gaspiller de l'essence ?

J'ai décidé de faire demi-tour, pour ne réveiller Geneviève que lorsque nous serions revenus en vue du camping à quatre dollars. Mais, pendant cette manœuvre, Geneviève a ouvert les yeux. J'ai continué à rouler comme si de rien n'était.

— Où est-ce qu'on est ? m'a-t-elle demandé.

— Tu dormais. J'ai l'impression que je me suis égaré.

— Attends que je regarde dans le cahier.

Elle a tourné la page.

« L'île Padre est tantôt agréable, tantôt détestable, selon les secteurs. Désagréable dans le parking asphalté où Bernard a tenu à ce que nous passions les premières nuits. Agréable lorsqu'on s'installe sur la plage déserte, longue de plusieurs dizaines de kilomètres. »

Geneviève a continué de lire comme si de rien n'était. Elle n'avait pas sourcillé à la mention de Bernard. Peut-être ne l'avait-elle pas remarquée ? Peut-être ne serais-je plus jamais nommé dans ce cahier ?

Le cœur battant, j'espérais que Geneviève ne reviendrait pas sur ce prénom découvert comme un cheveu dans la soupe.

— Mais qui c'est, ce Bernard ? a-t-elle demandé après avoir lu encore quelques lignes.

Je me cramponnais au volant, en cherchant désespérément quelque chose à dire.

— Ça ne peut quand même pas être toi ? a-t-elle ajouté en riant.

J'ai continué à me taire, en espérant qu'elle changerait de sujet et aussi parce que je ne savais plus quoi dire, même si j'avais passé des dizaines d'heures à me préparer à cette conversation.

— Tu n'es pas venu au Texas l'hiver dernier ? Hein, Bernard ?

— C'est-à-dire que... j'ai dit sans savoir comment achever ma phrase.

— Tu as rencontré Sébastien ici ! s'est-elle exclamée. Ça, c'est extraordinaire !

Elle avait l'air tout à fait enchantée de cette découverte. Aussi bien en profiter pour lâcher un petit morceau de vérité.

— Oui, plus j'y pense, plus il me semble que ça devait être lui.

— Comment ça, il te semble ? Tu le connaissais déjà.

— Oui, oui, c'était lui, j'ai admis avec agacement.

— Tu ne me l'avais pas dit ?

— C'est parce que...

C'est parce que quoi ? Vite, vite, une réponse.

Le ton de Geneviève s'est fait soudain soupçonneux.

— Tu as vraiment voyagé avec Sébastien ?

J'ai hoché la tête d'un mouvement oblique et ambigu.

— Depuis quel endroit ?

Enfin, une question facile, à laquelle je pouvais répondre sans mentir et sans m'incriminer.

— On s'est rencontrés dans le nord de la Floride.

— Jusqu'où vous avez voyagé ensemble ?

Hésitation. Longue. Trop longue. Quoi dire qui ne risquerait pas d'être contredit par le cahier ?

— Jusqu'en Californie ? a suggéré Geneviève.

Me taire. Ne plus rien dire. Faire l'huître.

— Jusqu'à Big Sur ? Tu étais là ? Tu sais comment il est mort ?

Vite, mentir. N'importe comment. À condition que ce soit sans hésiter. Essayer de retrouver une des séries de mensonges que j'ai préparées depuis des semaines. Laquelle, déjà, fonctionnait le moins mal ?

— J'ai essayé de l'arrêter.

— L'arrêter ?

Raconter mon histoire, calmement. D'abord, stopper la fourgonnette sur le côté de la route. Voilà. Au moins, nous ne risquions pas d'aboutir dans le décor. Je me suis tourné vers Geneviève, en me composant un visage douloureusement sincère.

— J'avais une caravane. On a voyagé ensemble pendant quelque temps. Et puis, un jour, à Big Sur, il était dans la caravane, qui s'est mise à reculer toute seule vers la falaise. Probablement parce qu'il a déplacé le centre de gravité en allant vers l'arrière. C'est lui qui avait tenu à ce qu'on s'installe là.

— Pourquoi il n'est pas sorti ?

— C'est parce qu'il venait de poser un verrou à l'extérieur. La porte avait été abîmée et il avait peur

230

qu'on se fasse dévaliser. J'étais sorti de la caravane et j'avais mis le verrou pour éviter que la porte s'ouvre et laisse entrer les mouches.

— Qu'est-ce que tu as fait ?

— J'ai essayé de retenir la caravane. Mais c'était trop lourd. J'ai glissé dans l'herbe. La caravane a continué de rouler…

— Pourquoi tu n'as pas enlevé le verrou ?

— Je me suis relevé, mais je n'ai pas pu la rattraper. C'était affreux. Sébastien s'est mis à donner des coups d'épaule dans la porte. J'étais sûr qu'il arriverait à sortir. Mais ça lui a pris trop de temps. Quand la porte a fini par céder, il était déjà au-dessus de la mer.

— As-tu essayé de le secourir ?

Je n'avais pas pensé à celle-là. Je l'ai saisie comme une perche et me suis lancé sans hésiter dans une longue improvisation.

— Oui, oui, j'ai couru au bord de la falaise, mais il avait disparu dans les vagues. Et c'était haut. Cent mètres, au moins. J'ai cherché du monde, un bateau, n'importe quoi. Il n'y avait personne. J'ai couru à la voiture. Je suis parti vers le village. Puis, tout à coup, j'ai commencé à m'affoler. Je savais que Sébastien était mort. La falaise était trop haute pour qu'il survive. Et j'ai eu peur de la police américaine. Comment prouver que c'était un accident ? Qu'est-ce que je pouvais répondre si la police me disait : « C'est vous qui avez poussé la caravane en bas de la falaise » ?

— Mais tu n'avais aucune raison de tuer mon frère.

— Je pensais qu'il voulait m'assassiner.

Aussitôt dite, j'ai regretté cette phrase. Tant que je n'avais pas de mobile, Geneviève ne pouvait pas imaginer que j'étais le meurtrier de son frère.

— Pourquoi il aurait voulu te tuer ?

Je n'avais plus envie de répondre. J'aurais voulu demander à réfléchir. Mais ç'aurait été l'équivalent d'un aveu.

Je lui ai raconté mes problèmes de pneus. La tentative de vol de la voiture. L'incendie. L'attelage mal fixé. Tout cela expliquait que je craignais que Sébastien m'assassine. Mais j'ai bien insisté sur le fait que sa mort était malgré cela un accident. La caravane s'était mise à reculer toute seule, lorsque Sébastien était allé à l'arrière. Je n'y avais pas touché tant qu'elle n'avait pas commencé à bouger. Je l'ai juré.

Geneviève m'a-t-elle cru ? Je ne sais pas. Ses yeux se sont gonflés. Elle a versé quelques larmes. S'est mouchée. Puis m'a fait signe de continuer.

Le 18 décembre 1989

L'observation des fourmis peut être une occupation totalement fascinante quand on a envie de ne rien faire. Hier midi, j'ai échappé dans le sable un brin de spaghetti de dix centimètres, peut-être. Aussitôt, les fourmis se sont précipitées sur lui. Deux heures après, le brin de spaghetti avait totalement disparu. Mais c'était facile : il était tombé tout près de leur colonie, bien à l'abri sous la plaque de béton qui soutient la table de pique-nique. La prochaine fois, j'en laisserai tomber un à plusieurs mètres de leur fourmilière, juste pour voir.

Les fourmis s'intègrent parfaitement à mes efforts désespérés pour penser à autre chose.

Geneviève me boude. Mais elle ne manifeste aucune animosité évidente. Nous ne parlons plus de cette histoire. Il est vrai qu'elle m'adresse la parole encore moins souvent que d'habitude. Nous restons dans le camping à quatre dollars, qu'elle semble trouver agréable malgré l'opinion de son frère. Je suppose qu'elle se contrefiche en ce moment de l'endroit où nous sommes. La vie, ici, se déroule à peu près normalement. « Qu'est-ce qu'on mange, ce soir ? — Des spaghettis à la sauce piquante et au fromage, ça te plairait ? — Oui, ça me va. »

La nuit, je n'ose pas toucher Geneviève. Elle se couche près de moi, ce qui n'est pas si mal, car j'ai craint qu'elle m'envoie coucher sous la tente. Et rien n'interdit de penser que nous reprendrons bientôt nos ébats amoureux, d'ailleurs pas si fréquents jusqu'à maintenant.

Comme si notre voyage était terminé, Geneviève a lu d'une traite la fin du cahier. J'aurais envie de le lui emprunter. Je serais curieux de savoir si son frère y parle encore de moi, et ce qu'il dit.

Le 20 décembre 1989

Aujourd'hui, nous avons échangé une bonne dizaine de phrases. En deux discussions insignifiantes, sur la grosseur et la longueur d'une corde à linge ainsi que sur l'endroit où garer la fourgonnette. Mais c'est bon signe : nous recommençons à nous parler pour de vrai.

Comme tous les trois jours, j'ai offert d'aller à Corpus Christi chercher des provisions. En général, Geneviève refuse de m'accompagner. À part le choix du vin, les courses ne l'intéressent pas. Plus souvent qu'autrement, elle me fait confiance pour cette corvée comme pour les autres.

— Je vais avec toi.

Ravi, j'ai vu là le signe d'un début de réconciliation.

À Corpus Christi, nous sommes entrés dans un magasin à rayons.

— Il nous faudrait une bonne corde à linge, a dit Geneviève.

J'ai failli lui dire que nous en avions déjà une qui faisait parfaitement l'affaire. Mais je me suis retenu. Ce n'était pas le temps de nous quereller pour des vétilles.

Elle examinait un paquet de corde de nylon jaune, de la grosseur du doigt. J'ai fait remarquer :

— C'est trop gros pour une corde à linge.

— Non, c'est sur une grosse corde que les pinces tiennent le mieux.

— Comme tu voudras.

J'ai examiné le paquet de corde : il y en avait cinquante mètres.

— On n'a pas besoin de tout ça.

— De la corde, ça peut toujours servir.

J'ai regardé l'étiquette : presque dix dollars. C'était absurde de payer si cher pour une corde à linge. Mais Geneviève semblait persuadée que c'était exactement ce qu'il nous fallait.

— D'accord, j'ai dit sans bien cacher ma mauvaise humeur.

Elle m'a souri, pour la première fois depuis plusieurs jours.

Cela ne m'a pas empêché, en prenant de l'argent au guichet automatique, de penser encore qu'elle pourrait s'enfuir en emportant ma carte bancaire. De retour à la fourgonnette, j'ai dit que c'était dommage qu'il y ait une limite de deux cents dollars de retrait par jour, en espérant que cet obstacle la découragerait de me planquer là. Elle n'a pas réagi. Elle a plutôt changé de sujet :

— Si on déménageait dans le secteur gratuit, sur la plage ?

En d'autres circonstances, je lui aurais fait remarquer que tant qu'à faire des économies on aurait plutôt eu intérêt à éviter de gaspiller dix dollars pour une corde à linge dont nous n'avions nul besoin. Mais je n'avais pas envie de lui faire perdre sa bonne humeur enfin retrouvée. J'ai murmuré :

— Comme tu voudras.

De retour au camping, elle m'a aidé à faire du rangement dans la fourgonnette. Elle semblait tout à fait enthousiaste à l'idée de se retrouver loin de tout le monde.

Nous avons emprunté la chaussée qui mène à la plage, puis roulé sur le sable, à marée haute, là où il y avait le plus de traces de voitures. Une douzaine de camping-cars et de grosses caravanes étaient stationnés près des dunes. J'ai arrêté à une centaine de mètres après la dernière caravane.

— Ici, ça te va ?

— Plus loin.

J'ai roulé encore deux bons kilomètres, en attendant toujours qu'elle me demande de stopper.

— Tu me diras quand tu voudras qu'on s'arrête.

— Encore un peu.

De loin en loin, on apercevait des toilettes chimiques. C'était le seul signe de civilisation, si on peut dire. Pour le reste, on aurait aussi bien pu être en plein désert du Sahara si celui-ci longeait la mer. Il y avait un kilomètre au moins qu'on n'avait pas vu une seule voiture, et je jugeais que l'endroit était suffisamment intime comme ça. Mais j'ai continué jusqu'à ce que Geneviève décide enfin :

— Ici, ce sera très bien.

Il y avait une cabine de toilettes, près d'un panneau routier qui annonçait que passé ce point la vitesse maximale était de vingt-cinq milles à l'heure, et non de quinze comme jusque-là.

J'ai arrêté la fourgonnette à une cinquantaine de mètres de la cabine.

— Plus près des chiottes, a demandé Geneviève.

— Si tu y tiens.

Je me suis rapproché à une vingtaine de mètres.

— Plus près encore.

— Ça risque de sentir.

— On verra bien.

Nous étions à moins de dix mètres.

— Ça te va comme ça ?

— C'est parfait.

De la fourgonnette, nous ne sentons aucune odeur désagréable. Pourvu que cela ne change pas avec le vent.

Tandis que j'écris ces notes, Geneviève fait cuire des crevettes achetées en rentrant de Corpus Christi. C'est la première fois qu'elle prépare un repas depuis notre départ. Je pense que je vais la laisser avaler une crevette avant d'en manger une.

Le 26 décembre 1989

Pendant quelques jours, je me suis réjoui de ma sérénité retrouvée — comme jadis, enfant, au sortir d'une confession particulièrement chargée. Mais plus le temps passe et plus Geneviève retrouve sa bonne humeur, plus je deviens soupçonneux.

Si Geneviève essayait de m'endormir en préparant sa vengeance, elle ne s'y prendrait pas autrement. Et quelle vengeance préparerait-elle ?

Ma mort, je suppose.

Tout à l'heure, j'ai profité du fait que ma douleur à la cheville me laisse tranquille pour aller faire une longue promenade sur la plage et essayer de penser clairement.

Comment ferais-je à sa place ?

Je pense que je m'empoisonnerais. Peut-être avec des aliments avariés. Ou bien je mettrais le feu dans la fourgonnette pendant que j'y dors, après m'avoir fait avaler des somnifères. Ou j'essaierais de m'asphyxier avec les gaz d'échappement. Ou encore je me tirerais un coup de revolver et je ferais croire qu'il s'agit d'un de ces mille et un malencontreux accidents domestiques dont sont remplis les journaux américains.

À court d'hypothèses, je conclus qu'il m'est impossible de deviner de quelle manière Geneviève me tuerait. Et, par conséquent, je ne vois pas comment je pourrais m'en défendre. D'autant plus que je ne suis pas absolument sûr qu'elle veut me tuer. Mon histoire avec Sébastien me rappelle que j'ai des tendances paranoïaques.

En revenant de ma promenade, j'ai aperçu Geneviève qui prenait du soleil sur une couverture — les seins nus, puisqu'il n'y a ici personne qui pourrait s'en scandaliser. De la voir ainsi, j'étais prêt à me trouver aussi ridicule de craindre Geneviève que je l'avais été de croire que son frère voulait me tuer.

Je me suis penché pour l'embrasser. J'avais peur qu'elle me repousse. Mais elle m'a laissé faire, avant de me poser, de sa voix la plus hypocritement candide, la seule question susceptible de prouver qu'elle veut se débarrasser de moi :

— Est-ce que quelqu'un sait qu'on est partis ensemble ?

— Oui, j'ai répondu sans une seconde d'hésitation.

Mais je crois avoir répondu trop vite, ce qui démontrerait que j'avais prévu la question et que je mentais. Ensuite, j'ai hésité un peu trop en cherchant à préciser qui était au courant de ce voyage en sa compagnie. Quand j'ai dit «mon concierge, monsieur Casaubon», j'ai regardé Geneviève d'un œil en coin. Je suis sûr qu'elle ne me croit pas. De toute façon, il ne l'a jamais vue, les quelques fois qu'elle est venue chez moi.

J'ai sorti l'ordinateur portable, histoire de me donner une contenance pendant que je réfléchis, non plus à la manière dont Geneviève pourrait se débarrasser de moi, mais plutôt moi d'elle.

La voisine qui pourrait avoir une photocopie des cahiers de Sébastien me coupe l'inspiration. Mais je suis prêt à risquer que cette voisine n'est qu'une invention et qu'il n'existe aucune copie des cahiers.

Geneviève a deviné que je voulais les détruire et a cherché un moyen de m'en empêcher.

J'ai beau chercher, je ne trouve aucune manière satisfaisante de me débarrasser de Geneviève.

Le Grand Canyon
(ARIZONA)

Le 30 décembre 1989

Comme d'habitude, avant-hier, j'ai été le premier levé, dès que le soleil rougeoyant s'est montré au-dessus de l'horizon, dans les eaux du Golfe. Comme d'habitude, j'ai été le premier aux toilettes, en pantalon de pyjama. Pendant que je déféquais tranquillement, j'ai entendu un frottement insolite contre la paroi de fibre de verre. Je me suis redressé pour regarder par le hublot grillagé, percé haut dans le mur de la cabine. J'ai entrevu Geneviève qui marchait rapidement.

— Qu'est-ce que tu fais ?

En silence, elle est bientôt passée de nouveau devant moi, dans la même direction. J'ai poussé la porte, qui ne s'est entrouverte que de quelques millimètres. Quelque chose la bloquait de l'extérieur.

— Geneviève, la porte est coincée. Pourrais-tu venir voir ?

Elle n'a pas répondu. J'ai appuyé de tout mon poids contre la porte, qui a encore refusé de s'ouvrir. À travers la paroi, j'ai aperçu la silhouette d'une corde qui faisait plusieurs fois le tour de la cabine. C'était notre corde à linge toute neuve. J'étais pris au piège.

— Qu'est-ce qui se passe?

Geneviève n'a toujours pas répondu. Par le hublot, je ne la voyais plus. J'ai entendu démarrer le moteur de la fourgonnette.

— Tu ne vas pas m'abandonner là, quand même?

L'idée d'être abandonné quelques heures dans cette cabine exiguë n'avait rien de réjouissant. Peut-être même quelques jours, avec le peu de circulation dans ce secteur de la plage. Mais la fourgonnette, au lieu de s'éloigner, a reculé pour venir se placer juste derrière la cabine, vis-à-vis le hublot.

Geneviève est descendue.

— Qu'est-ce que tu fais? Ce n'est pas des blagues à faire, ça.

Elle n'a toujours rien dit. Elle a ouvert les portes arrière de la fourgonnette et y est montée, en tirant derrière elle une extrémité de la corde à linge.

— Ça pue, ici! j'ai encore protesté même si l'odeur était en train de devenir la dernière de mes inquiétudes.

Geneviève a fait passer l'extrémité de la corde par la fenêtre du côté du passager. Elle est ressortie de la fourgonnette en enjambant le siège du conducteur, a repris la corde et marché jusqu'au poteau du panneau de limite de vitesse. La fourgonnette était stationnée en ligne droite entre ce poteau et la cabine.

Je ne voyais plus Geneviève, mais j'ai deviné qu'elle nouait au poteau le bout de la corde.

Remontée au volant, elle a mis la Dodge en marche arrière, tout doucement. Le choc a quand même suffi à ébranler la cabine. Je me suis retenu contre la paroi. De la cuvette, un jet de liquide nauséabond a jailli, mais je n'en ai reçu que quelques gouttes.

— Fais attention !

La fourgonnette s'est arrêtée, puis s'est remise plus lentement encore en marche arrière. J'ai entendu les pneus patiner dans le sable, la transmission grincer, la corde tendue siffler dans le vent. Je me suis dit : « Elle n'y arrivera pas. »

Elle y est arrivée. Lentement, la cabine a basculé vers la fourgonnette. Le moteur a forcé encore, et je me suis senti soulevé de terre. La cabine est retombée lourdement, sur l'arrière, à l'intérieur de la fourgonnette, tandis que ses liquides se répandaient autour de moi.

— Tu es folle ou quoi ?

Toujours pas de réponse. Le moteur tournait au ralenti. Impossible de rien voir, puisque le hublot était maintenant au plancher. J'étais sur le dos et j'ai donné de grands coups de pied dans la porte. En m'arc-boutant, j'ai poussé de toutes mes forces. Ça n'a rien donné.

J'ai entendu claquer les portes de la fourgonnette, puis elle s'est remise en marche. Le départ brusque a fait déverser sur moi un supplément d'excréments. J'en avais partout sur le corps, dans le visage, plein les mains. C'était un brûlant mélange de produits chimiques, de matières fécales et d'urine. Je me suis essuyé le visage tant bien que mal avec mes mains.

— Qu'est-ce que tu attends de moi ?

Quelques minutes plus tard, il y a eu une violente secousse et un autre déversement de liquide, lorsque la fourgonnette a quitté le sable de la plage pour monter sur la chaussée. Je suis allé m'accroupir à la base de la cabine, plus large. Un virage brusque nous a fait faire un quart de tour, à moi et à ma prison. Je suis tombé sur le dos et me suis heurté le front. J'avais probablement une coupure à la tempe. Impossible de voir dans la quasi obscurité si ce que ma main essuyait sur ma joue était du sang ou des immondices.

— Tu pourrais faire attention, au moins !

Je me suis accroupi. C'était plus confortable depuis que la cabine avait fait son quart de tour. La paroi latérale étant moins exiguë que la paroi arrière, occupée par la cuvette, je disposais de plus d'espace au sol. Par le hublot, aussi sur le côté, je profitais maintenant d'une lumière blafarde.

Je ne paniquais pas. L'idée que Geneviève voulait m'enlever la vie m'effleurait. Mais je croyais qu'il serait possible de la raisonner. À condition de faire quelques promesses.

— Écoute, je suis prêt à te donner tout ce que je possède si tu me laisses sortir de là. Et je ne te ferai rien, je te jure. Si c'est à cause de ton frère, tu sais que c'était un accident. J'ai vraiment fait de mon mieux pour retenir la caravane.

Je me suis tu pendant un long moment. J'essayais de deviner où nous allions, en prêtant l'oreille aux bruits et en essayant d'interpréter les secousses et le sifflement des roues sur la chaussée. De loin en loin, je remarquais des séries d'arrêts et de départs, sans doute lorsque nous traversions des villes ou des villages. Pas de traversier, par contre. Nous n'allions donc pas vers le nord, où il aurait fallu prendre celui de Port Aransas. Mais peut-être Geneviève faisait-elle le détour par Corpus Christi pour éviter le traversier, à bord duquel elle aurait risqué que j'alerte les autres passagers.

Après plusieurs heures, la fourgonnette a fait un arrêt. J'ai reconnu le glouglou de l'essence dans le tuyau du réservoir, tout près de moi. Je me suis mis à crier, en anglais :

— Au secours! Aidez-moi, s'il vous plaît!

J'ai crié sans arrêt, tant que nous ne sommes pas repartis. Je savais bien que cela ne servait à rien. Geneviève était assez intelligente pour faire le plein dans un libre-service désert, et pour utiliser l'îlot le plus éloigné.

Nous avons roulé encore longtemps. Jusqu'à la tombée de la nuit. Une sensation incroyable s'est alors emparée de mon estomac : j'avais faim.

— J'ai faim!

J'ai regretté aussitôt ma question, parce que la réponse m'est venue immédiatement — crue et cinglante, mais peut-être aussi entrecoupée de sanglots :

— Mange de la marde!

Au moins, Geneviève avait dit quelque chose. J'ai tenté d'alimenter ce germe de conversation. N'importe comment. De préférence en attendrissant ma geôlière, quitte à mentir à moitié ou aux trois quarts.

— Je ne t'en ai jamais parlé : j'ai un fils de dix ans. Il vit avec sa mère, à Québec, mais c'est moi qui le fais vivre. Je lui envoie cinq cents dollars par mois.

Pas de réaction.

— Un beau petit garçon blond. Je ne sais pas s'il pourra s'en tirer, si jamais il m'arrivait quelque chose.

Toujours rien. J'ai renoncé.

Un peu ou beaucoup plus tard, la fourgonnette s'est encore arrêtée. Sans doute dans une halte routière sur une route peu fréquentée. Je n'entendais que le grondement lointain et espacé de lourds semi-remorques. J'ai dormi, mais quelques minutes seulement à la fois, je suppose. À chaque réveil, je me remettais à appeler à l'aide, autant pour embêter Geneviève que dans l'espoir d'attirer l'attention de passants hypothétiques.

Au petit jour, nous sommes repartis. Où pouvions-nous être ? J'ai fait un petit calcul. À condition que nous n'ayons pas été arrêtés pendant plus de cinq ou six heures et que nous ayons roulé depuis sept heures du matin la veille, cela faisait dix-sept ou dix-huit heures de route. À quatre-vingt-dix de moyenne, cela pouvait faire dans les mille cinq cents kilomètres. Revenions-nous à Montréal ? Dans ce cas, nous devions être à mi-chemin. J'ai passé de longues minutes à me demander dans quel État nous nous trouvions. Mais je ne connais pas très bien le centre des États-Unis. Le Kentucky, peut-être, ou le Tennessee ?

La peau me brûlait. J'ai supplié Geneviève de me prêter une serviette mouillée. Sans effet. Ou pas mouillée. Toujours sans effet. J'ai pensé tout à coup à passer aux aveux, à lui dire que, oui, j'avais fait exprès de précipiter son frère dans le Pacifique. Plaider la plus grande culpabilité pour feindre plus efficacement le repentir le plus total. Mais j'ai vite repoussé cette idée. Au contraire, il fallait que je m'en tienne à mon histoire : c'était un accident, la caravane était partie toute seule.

— Écoute, Geneviève, je te jure que c'était un accident. Je m'en veux de ne pas avoir pu déverrouiller la porte. Mais crois-moi, j'ai vraiment fait tout ce que j'ai pu.

Il y a eu quelques minutes de silence. Puis enfin la voix de Geneviève s'est fait entendre.

— Tu me prends vraiment pour la dernière des connes ?

J'ai compris à sa voix que j'étais jugé, sans appel et sans recours. Mais à quoi étais-je condamné ?

Si Geneviève me ramenait à Big Sur, c'était pour me livrer à la police. Je ne voyais aucun moyen d'échapper à quelques années de prison. Peut-être même finirais-je sur la chaise électrique ou dans la chambre à gaz, si la peine de mort est infligée en Californie pour les meurtres prémédités. Et comment pourrais-je prétendre que je n'avais pas planifié mon crime, moi qui avais acheté un verrou quelques heures avant d'enfermer ma victime pour la pousser dans le Pacifique ?

J'ai tenté une nouvelle stratégie.

— Écoute, Geneviève, je vais tout faire pour réparer le tort que j'ai fait. Je sais bien que je ne peux pas ressusciter ton frère. Mais je pourrais faire publier ses cahiers. Mon éditeur m'a justement dit qu'il s'intéressait aux récits de voyage. Si tu veux, je corrigerai ses cahiers. Je peux les terminer. J'ai voyagé avec lui jusqu'à Big Sur. À part ça, j'ai mes notes à moi. On pourrait réunir le tout. Et puis on va le finir, nous, son voyage. Je vais ajouter quelques chapitres, à la manière de ton frère. Personne ne verra de différence. Je suis sûr que ça pourrait être un grand succès de librairie. Comme de raison, je te laisserai tous les droits d'auteur. Ou bien, ton frère avait sûrement une cause qui lui tenait à cœur. Greenpeace, par exemple. Qu'est-ce que tu en penses ?

Si Geneviève en pensait quelque chose, elle ne l'a pas dit.

J'ai alors entrepris de frapper systématiquement contre la porte de ma prison avec mes deux pieds, dans l'espoir que les cordes finiraient par s'user. Ou que la paroi de fibre de verre céderait sous mes coups répétés. Après quelques minutes de ce manège, la fourgonnette s'est mise à freiner brusquement puis à accélérer en faisant crisser les pneus. Le peu de liquide, mi-chimique, mi-organique, qui restait au fond de la cuvette s'est répandu sur ma peau qui avait commencé à sécher.

J'ai cessé de frapper du pied. Geneviève a cessé de jouer du frein et de l'accélérateur.

Le pire, ç'a été lorsque la faim m'a repris. L'odeur des excréments avait fini par me couper l'appétit, mais lorsqu'il m'est revenu, j'ai ressenti un mélange insupportable de fringale et de nausée.

— Tu peux me donner quelque chose à manger ?

Je m'attendais à la même réponse que la première fois que je m'étais plaint d'avoir faim. Mais il n'y en a pas eu. De toute façon, pour me donner à manger, il aurait fallu ouvrir la porte de la cabine. Si je parvenais à convaincre Geneviève de le faire, je pourrais tenter de m'évader.

— Écoute, je ne te ferai rien. Tu as juste à desserrer un petit peu les cordes pour me passer un sandwich, n'importe quoi, je crève de faim. Je ne bougerai pas. Je te le jure.

Elle ne s'est pas donné la peine de répondre.

La seule possibilité de m'en tirer : convaincre Geneviève de me relâcher. Par n'importe quel mensonge.

— Tu sais, Geneviève, tu es la première femme que j'aime pour de vrai. On pourrait se marier, si ça te fait plaisir. Je vaux plus de deux cent mille dollars. Si je me remets à travailler un peu, on pourra vivre très bien. Peut-être acheter une maison à la campagne. Ou continuer de voyager. C'est comme tu voudras. On pourrait avoir un enfant, si tu en as envie. Et tu n'auras plus à faire de la publicité, à moins que tu y tiennes absolument. En tout cas, je te promets que je prendrai bien soin de toi. Parce que je t'aime. Et bientôt tu vas avoir oublié cette histoire avec Sébastien. C'était un accident. La faute du fabricant des pneus de la Mustang. La Monarch Tire, de quelque part en Ontario. Je te montrerai la lettre. Autrement, rien de tout ça ne serait arrivé. Je traitais bien Sébastien, tu sais. Je payais presque tout. Et toi, tu vas voir comme je vais t'aimer... Pourquoi tu ne me dis rien ?

Pour toute réponse, la fourgonnette s'est mise à zigzaguer d'un côté à l'autre de la route. Et je me suis tu, pour éviter de faire déverser sur moi le liquide épais qui valsait encore au fond du réservoir de la cabine.

Peut-être voulait-elle me ramener au Québec de la plus humiliante des façons ?

J'ai fait un nouveau calcul approximatif : de Corpus Christi à Montréal, il devait y avoir au moins trois mille kilomètres, peut-être quatre ou cinq mille, donc une cinquantaine d'heures de route. J'avais encore plusieurs heures pour me tirer de là.

Comment ? Je n'en avais pas la moindre idée. Mais il fallait que j'observe tout, que je prête l'oreille au moindre bruit, que j'apprenne à interpréter les accélérations et les ralentissements de la fourgonnette, les variations du chuintement des pneus sur la chaussée.

Tiens, justement, le véhicule ralentissait, tournait à gauche dans un petit chemin cahoteux. Un chemin de terre. De sable, peut-être. Pas de trous, pas d'ornières profondes, en tout cas. Quelques virages encore. On ralentissait de plus en plus. Des cahots, maintenant, me secouaient fortement. On s'arrêtait. Non : on repartait en marche arrière, très lentement. On s'arrêtait encore. Le moteur s'éteignait.

— *Help me, please!*

C'est à ce moment-là que j'ai songé pour la première fois au lien entre ma situation dans cette cabine et mon vieux surnom de « Bécossette ».

Et je me suis mis à rire comme un fou.

— Y a quelque chose de drôle ? a demandé la voix de Geneviève, tout près de moi.

J'ai continué de rire pendant un bon moment. J'ai été tenté de lui expliquer le motif de mon hilarité, puis j'ai changé d'avis. Ç'aurait été lui faire un cadeau. Elle n'en méritait pas.

— Rien, je me comprends.

— Ah bon, a-t-elle dit sur le ton de la plus totale indifférence.

J'ai senti la cabine bouger.

— C'est toi qui pousses ?

— Qui tu veux que ce soit ? a-t-elle répondu, le souffle court.

Sa voix était toute proche. Sans doute s'était-elle arc-boutée entre les sièges et la cabine pour pousser celle-ci hors de la fourgonnette. Et elle y est parvenue.

La cabine s'est redressée tout à coup et est tombée sur le sol, à la verticale. Elle s'est balancée un peu, d'avant à arrière, puis s'est immobilisée.

— Tu ouvres ?

— Pas tout de suite.

Elle allait m'ouvrir tout à l'heure, donc.

Que me réservait-elle ? Était-elle armée ? Attendait-elle des gens — la police, peut-être ?

La cabine a soudain été bousculée de droite à gauche.

— Qu'est-ce que tu fais ?

Geneviève m'éloignait de la fourgonnette. Désireux de sortir de là, où que ce soit, je m'efforçais de l'aider en faisant porter mon poids du côté où il fallait.

La cabine s'est immobilisée. La corde a bruissé en glissant contre la paroi de fibre de verre et est tombée sur le sol. Geneviève a dit enfin :

— Ça y est, tu peux sortir, maintenant.

J'ai hésité. Dans la lumière qui filtrait par le hublot, je me voyais vraiment crasseux. Mon pantalon de pyjama était plein de taches brunes et vertes sur fond de merde étalée. Peut-être y avait-il, derrière la porte, des policiers, des photographes, une foule ? Peut-être tout cet exercice avait-il pour seul but de me ridiculiser publiquement? À moins qu'il n'y ait eu personne d'autre que Geneviève avec une arme. Où étions-nous? Sûrement pas au Québec. Peut-être à Big Sur. Oui, c'était ça : à Big Sur.

En tout cas, il n'était pas question que je reste dans cette bécosse une minute de plus. J'ai résolu de sortir sans plus tarder et de courir le plus vite possible, loin de la falaise, des photographes, des fusils ou de quiconque pourrait me molester ou se moquer de moi.

J'ai donné un grand coup de pied dans la porte et je me suis lancé à l'extérieur.

À la dernière fraction de seconde, je me suis retenu d'une main au cadre de la porte.

J'avais devant moi le paysage le plus somptueux que j'avais jamais vu. Celui dont Sébastien Mauro m'avait rebattu les oreilles et que j'avais refusé d'aller voir.

Le Grand Canyon! Des rochers sculptés par l'érosion, aux mille et une teintes d'ocre et de bleu, de rouge et de vert, de jaune et de gris. Une symphonie de formes et de silhouettes arrondies, anguleuses, striées. Des pics, des falaises, des châteaux forts, des forteresses et des sommets usés par les millénaires sous un ciel bleu à me faire cligner des yeux. Le paradis ou l'enfer?

L'enfer, car à mes pieds s'ouvrait un gouffre béant, profond de centaines de mètres.

C'était donc ça : Geneviève m'avait amené ici et était sûre que je me lancerais tête baissée hors de cette cabine. Pourquoi ici plutôt qu'à Big Sur? Sans doute pour éviter qu'on puisse soupçonner Geneviève si on faisait le lien entre ma mort et celle de Sébastien.

Et ma vie n'avait tenu qu'à ce réflexe de ma main qui s'était accrochée au cadre de la porte. Péniblement, je suis revenu dans la cabine. C'est à ce moment-là que celle-ci s'est mise à osciller. Je me suis efforcé de la faire basculer loin du précipice. Mais c'était en vain : la cabine s'inclinait de plus en plus vers le gouffre. Moi qui ne jure jamais, j'ai dit :

— Maudit câlice !

Je me suis précipité au fond de la cabine, dans une ultime tentative pour lui faire retrouver son équilibre. Mais il n'y avait rien à faire. Elle basculait dans le vide. J'ai eu le réflexe de m'asseoir sur le siège, d'appuyer les mains contre les parois. La cabine est restée inclinée vers l'avant, porte ouverte.

J'ai vu le sol qui fonçait vers moi à toute vitesse. Tout à coup, la porte s'est refermée toute seule. Je n'étais plus tout à fait sûr de ne pas avoir peur de la mort. J'ai poussé le verrou pour ne pas la voir venir.

Le 4 février 1991

Du jour au lendemain, je suis devenu un phénomène médiatique.

«The man in the back house» fut, après quelques tentatives de plus mauvais goût encore, le surnom retenu par les médias après qu'un des scripteurs de Johnny Carson l'eut inventé.

La police est parvenue à retracer le lieu d'origine du cabinet d'aisances. Mais mon seul vêtement, un pantalon de pyjama fabriqué à Taiwan, n'a rien révélé sur l'identité de son propriétaire. Et toute trace de pneus avait été soigneusement effacée au sommet du Grand Canyon.

À l'émission d'Oprah Winfrey, un criminologue, auteur du best-seller *Les morts qui mentent*, a soutenu que «l'homme dans les chiottes» avait maquillé son suicide en meurtre. Il avait pu transporter là la cabine, repartir avec son camion et revenir à pied, effacer les traces de pneus et celles de ses chaussures, avant de s'enfermer dans son cercueil improvisé et de se faire basculer au fond du Grand Canyon.

Après deux semaines de cette célébrité instantanée, on n'a plus entendu parler de l'homme dans les chiottes.

À Montréal, le propriétaire de mon immeuble ne s'est inquiété de moi que lorsqu'un chèque de loyer a été refusé par ma banque. Il a ordonné à monsieur Casaubon de transporter mes effets personnels dans une case, au sous-sol, et de mettre l'appartement en location.

Six mois plus tard, le concierge a retrouvé mes choses en faisant le ménage du sous-sol. Après avoir consulté le propriétaire, il a téléphoné à la police, qui a fait une brève et paresseuse enquête, n'a pas retrouvé ma trace et a conseillé discrètement au concierge de jeter les objets sans valeur et de garder le reste pour lui.

Plus jamais personne ne s'est préoccupé de mon sort.

BIBLIOGRAPHIE

Œuvres de François Barcelo

Agénor, Agénor, Agénor et Agénor, roman, Montréal, Les Quinze, 1981. Réédité en 1988 et en 2001 dans la collection « Typo », Éditions de l'Hexagone.

La tribu, roman, Montréal, Libre Expression, 1981 (mention spéciale du jury du Prix Molson). Réédité en 1998 dans BQ.

Ville-Dieu, roman, Montréal, Libre Expression, 1983. Réédité en 1999 dans BQ.

Courir à Montréal et en banlieue, guide pratique, Montréal, Libre Expression, 1983.

Aaa, Aâh, Ha ou les amours malaisées, roman, Montréal, L'Hexagone, 1986.

Nulle part au Texas, roman, Montréal, Libre Expression, 1989. Réédité en 2002 dans la collection « Zénith».

Les plaines à l'envers, roman, Montréal, Libre Expression, 1989. Réédité en 2002 dans BQ.

Je vous ai vue, Marie, roman, Montréal, Libre Expression, 1990.

Ailleurs en Arizona, roman, Montréal, Libre Expression, 1991. Réédité en 2002 dans la collection « Zénith».

Le voyageur à six roues, roman, Montréal, Libre Expression, 1991.

Longues histoires courtes, nouvelles complètes (1960-1991), Montréal, Libre Expression, 1992.

Pas tout à fait en Californie, roman, Montréal, Libre Expression, 1992. Réédité en 2002 dans la collection « Zénith».

De Loulou à Rébecca (et vice versa, plus d'une fois), roman, Montréal, Libre Expression, 1993 (sous le pseudonyme d'Antoine Z. Erty).

Moi, les parapluies..., roman, Montréal, Libre Expression, 1994. Réédité en 1999 dans la collection « Série noire », Éditions Gallimard.

Vie de Rosa, roman, Montréal, Libre Expression, 1996.

Vie sans suite, roman, Montréal, Libre Expression, 1997.

Premier boulot pour Momo de Sinro, roman jeunesse, Montréal, Québec Amérique, 1998.

Cadavres, roman, Paris, Gallimard, coll. « Série noire », 1998. Réédité en 2002 dans la collection « Folio policier ».

Pince-nez le crabe en conserve, roman jeunesse, Montréal, Éditions Pierre Tisseyre, 1999.

Tant pis, roman, Montréal, VLB Éditeur, 2000.

Premier trophée pour Momo de Sinro, roman jeunesse, Montréal, Québec Amérique, 2000.

Chiens sales, roman, Paris, Gallimard, coll. « Série noire », 2000.

Une histoire de pêche, roman, Copenhague, Gyldendal, coll. « Fiction française », 2000.

J'enterre mon lapin, roman, Montréal, VLB Éditeur, 2001.

Écrire en toute liberté, essai, Trois-Pistoles, Éditions Trois-Pistoles, 2001.

Première blonde pour Momo de Sinro, roman jeunesse, Montréal, Québec Amérique, 2001.

L'ennui est une femme à barbe, Paris, Gallimard, coll. « Série noire », 2001.

Première enquête pour Momo de Sinro, roman jeunesse, Montréal, Québec Amérique, 2002.

Petit héros dit ses premiers mots, album jeunesse illustré par Marc Mongeau, Montréal, Les 400 coups, 2002.

Petit héros fait ses premiers pas, album jeunesse illustré par Marc Mongeau, Montréal, Les 400 coups, 2002.

Carnets de campagne, album illustré d'aquarelles de Jean-Paul Ladouceur, Montréal, Les Heures Bleues, 2002.

Études

ALLARD, Jacques, *Le roman mauve. Microlectures de la fiction récente au Québec*, Montréal, Québec Amérique 1997. Cf. p. 29-32, « Ici faisons humour sur amour » (*Longues histoires courtes*) ; p. 57-59, « Le Québécois en zigzagueur » (*Pas tout à fait en Californie*) ; p. 362-365, « Le bonheur de l'imprévisible » (*Vie de Rosa*).

MARTEL, Réginald, *Le premier lecteur. Chroniques du roman québécois, 1968-1994*, Montréal, Leméac, 1994. Cf. p. 38-40, « Un talent fou, un livre fou » (*Agénor, Agénor, Agénor et Agénor*).

VAUTIER, Marie, *New World Myth Postmodernism & Postcolonialism in Canadian Fiction*. Cf. p. 208-231, 258-266, 268-269, 272-277 (*La tribu*).

Quelques critiques de Le voyageur à six roues

CREVIER, Gilles, « Un écrivain paranoïaque à six roues », *Le Journal de Montréal*, 28 septembre 1991.

FORTIN, Marie-Claude, « La route de fortune », *Voir*, 19 septembre 1991.

GRÉGOIRE, Claude, « Le voyageur à six roues », *Québec français*, hiver 1992.

RIOUX, Hélène, « Pour le plaisir du frisson », *Le Journal d'Outremont*, février 1992.

VOISARD, Anne-Marie, « Barcelo, un auteur globe-trotter aux horizons plus vastes que ses héros », *Le Soleil*, 7 octobre 1991.

Interviews

« Le rôle de l'écrivain selon François Barcelo : ébranler les convictions », Lucie Côté, *La Presse*, 30 janvier 2000.

« La grande traversée », Lise Lachance, *Le Soleil*, 29 janvier 2000.

« La résignation heureuse », Pierre Cayouette, *Le Devoir*, 26-27 avril 1997.

«Les bonheurs de l'écrivain mineur», Réginald Martel, *La Presse*, 6 avril 1997.

«L'écrivain démythifié», Anne-Marie Voisard, *Le Soleil*, 12 avril 1997.

«Je suis un écrivain, un point c'est tout», propos recueillis par Claude Grégoire, *Québec français*, été 1990.

«François Barcelo, portrait d'un jogger heureux», Jean Royer, *Écrivains contemporains. Nouveaux entretiens*, Montréal, Trait d'union, 1999, cf. p. 191-194.

«J'ai Barcelo dans la peau!», Jean Lefebvre, *Nuit Blanche*, printemps 1984.

«François Barcelo, romancier: refaire le monde», Réginald Martel, *La Presse*, 19 mars 1983.

Site Internet

www.barcelo.ca.tc

MEMBRE DE SCABRINI MEDIA

Québec, Canada
2003